冬華
Toh Ka
大倉崇裕
Takahiro Okura
祥伝社

冬華

目次

装幀 泉沢光雄
写真 橋本政博／アフロ
Buena Vista Images／Getty Images
Shutterstock

穂高連峰周辺図

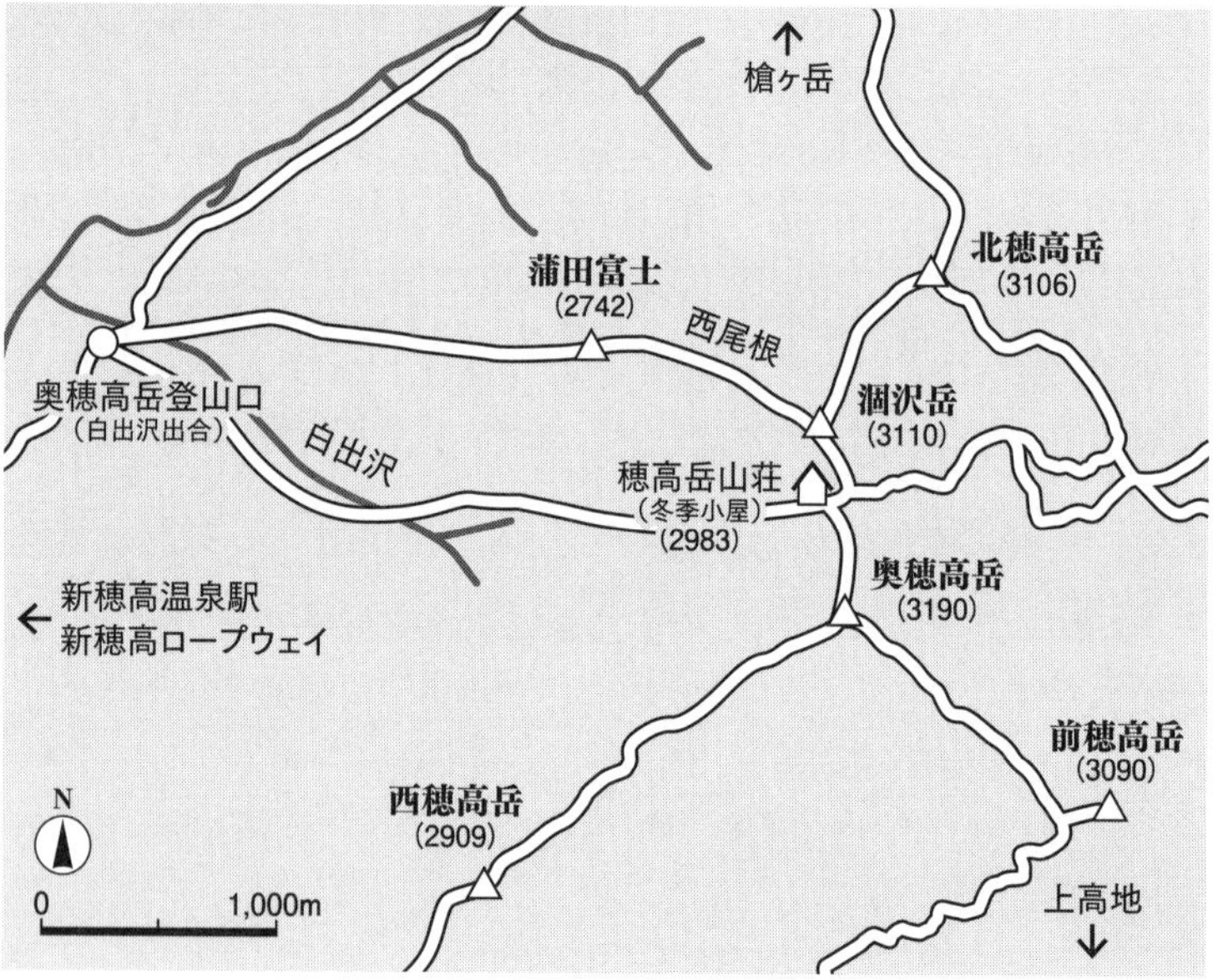
槍ヶ岳
北穂高岳
(3106)
蒲田富士
(2742)
西尾根
涸沢岳
(3110)
奥穂高岳登山口
(白出沢出合)
白出沢
穂高岳山荘
(冬季小屋)
(2983)
奥穂高岳
(3190)
新穂高温泉駅
新穂高ロープウェイ
前穂高岳
(3090)
西穂高岳
(2909)
N
0
1,000m
上高地

一　失踪

深江《ふかえ》が消えた。予兆めいたものは何もなく、忽然《こつぜん》と消えた。

倉持《くらもち》は缶コーヒーを口に運びながら、彼が使っていた四畳半を眺《なが》める。窓もない、昼でも暗い部屋だ。荷物はないに等しい。目につくものと言えば、一〇〇リットル入りのやたらとでかいザックだけだ。あとは段ボール箱に詰めこまれた夏物、冬物の服がそれぞれ数着。ちゃぶ台一つ、コップ一つない、生活感のない部屋だった。

生活を共にしていた友人が消えたというのに、倉持の心は波立たなかった。いつかどこかで、こうなることを予測していたからだろう。

コーヒーを飲み干すと廊下に戻り、台所のゴミ箱に缶を放り投げる。カランと良い音が響いた。静まりかえった家の中で、壁にかかった時計だけが音をたてている。

なぜ、ザックを置いていった？

倉持は天井を見上げ、考えた。

知り合ってまだ一年に満たないが、彼の性格はある程度判《わか》っているつもりだ。自分の前から消えるのであれば、何一つ、痕跡を残さず鮮《あざ》やかに消えてみせるだろう。服入れとして使っていた段ボール箱ですら、持って行くに違いない。

ふと思い立ち、自分の部屋へ駆けこむ。六畳。ビールの空き缶に古雑誌、脱ぎ散らかしたスウェットやジャージ、深江の部屋と比《くら》べ、何と煩悩《ぼんのう》に満ちていることか。

窓際に寄ると、指でそっとカーテンをめくる。南側に面した二階の窓からは、表の通りがよく見える。路上駐車の車もなく、通行人もほとんどいない。普段、倉持が見ている光景と何ら変わることはなかった。

安堵《あんど》のため息をつきながら、台所に戻る。

「三日……」

深江の姿を見なくなってからの日数を口にする。

警察に相談したら、鼻で笑われる。警察でなくたって笑うだろう。だがそれは、深江の過去を知らないからだ。

午前十時。出勤の時間だ。倉持は急な階段を下りる。木製のそれはいちいち悲鳴のような音をたてた。

一階にはただ何もない空間が広がる。照明器具を取りつけてはいるが、ほとんど使うことはない。

ここにはかつて、小鳥などの販売店「おどりや」があった。横田《よこた》という名の夫婦が、二人で切り盛りしてきた店だった。去年、夫が病気で倒れたのを機に商売をたたみ、二人して伊豆《いず》にあるケアホームに移っていった。二人とも生まれたときからこの地で暮らし、引っ越しなど一度もしたことがないと言っていた。もともとは売りにだすつもりだったようだが、二人は「倉持さんさえよかったら、使ってくれないか」と言ってくれた。

とある案件で住まいを焼かれ、カプセルホテルを転々としていた倉持にとって、何よりの言葉だった。

子供二人は既《すで》に独立し、このご時世にもかかわらず、しっかりとした生活をしていると聞く。『東京に居場所がなくなるの、嫌じゃない。少しの間でいいから、ここ、守っててよ』

倉持にとってはこの上なくありがたい申し出だった。

親族にも異論はないらしく、話はトントンと進んだ。二階には台所と六畳、四畳半の部屋が一つずつ。

倉持は同じくホテル暮らしを続けていた深江を誘った。

「一緒にどうだ？」

深江は低い声で「いいね」とだけ言った。

倉持が深江と出会ったのは、何とも劇的な状況の中でだった。昨年秋、金につられ怪しげな依頼を受けた。そのため倉持は、武装した正体不明の一団に追われるハメとなり、一度ならず命の危機に見舞われた。それを救ってくれたのが、深江である。それまで一面識もない倉持を、利害の一致があったにせよ、一度ならず守ってくれた。

八ヶ岳《やつがたけ》にある天狗岳《てんぐだけ》での銃撃戦を生き延びて、東京に戻り、人心地《ひとごこち》がついたとき、倉持は言ったのだ。「一緒に来ないか」と。

倉持は数年前から、ここ中央区月島《ちゅうおうくつきしま》の地で便利屋を営《いとな》んでいた。頼まれれば何でもする。一時は、商店街にあるもんじゃ焼き屋のトラブル処理係をしていたこともある。その甲斐《かい》あって商売も軌道にのり、一人では手が回らなくなり始めた矢先でもあった。深江と二人で、便利屋をやる――良い考えに思えた。

もっとも、深江が承諾するとは思っていなかった。無視されるか、にべもなく拒絶されるに違いない。だから、寡黙《かもく》な深江が「いいね」とつぶやきうなずいた瞬間、倉持の方がとまどってしまった。

深江の過去に何があったのか、倉持はよく知らない。きこうとも思わない。並外れた格闘能力、武器全般にも通じ、人を殺すことにもためらいがない。にもかかわらず、外見はしょぼくれた中年男にしか見えない。牙を隠した野良犬。倉持にはそんな風に見えた。

表に出ると、二月の寒風が容赦《ようしゃ》なく吹きつけてくる。かつては長屋が軒《のき》を連ねていた月島界隈《かいわい》も、最近は高層マンションが林立している。ビルによって変化した風が、突風となって商店街を吹き抜けていく。

『この辺も変わってしまったからね』

住み慣れた我が家を倉持たちに託した老夫婦は、鍵を渡すとき、寂《さび》しそうにそう言った。仲の良かったご近所さんも、ほとんどがこの地を捨てて、移っていったという。

この家を守ってよと言い残し、ケアホームへ行った二人。それきり、連絡はない。

倉持は通りを渡り、少し先にある木造の二階屋へと向かう。元は和菓子の店だった建物だ。店はとっくに閉められ、かつての名残《なごり》を留《とど》めるのは、玄関横にあるほこりだらけになったガラス製のショーケースだけだ。

倉持はケース横の戸を開き、中に入った。線香の香りが漂ってきた。

「倉持でーす」

障子戸越しに声をかける。

「上がっとくれ」

無愛想な声が返ってきた。靴を脱ぎ、戸を開けると、六畳間の中心に据えられた炬燵《こたつ》に、遠藤《えんどう》花江《はなえ》が座り、みかんを食べていた。その向こうには作りつけの大きな仏壇がある。

週に一度、この仏壇を掃除し、花を替えるのが、倉持の仕事だった。

花江はこちらをじろりと一瞥《いちべつ》すると、小さく肩を落とした。

「何だ、一人かい」

「何です？　オレ一人じゃ、不満ですか？」

「もう一人のは、どうしたんだい？」

「ちょっと別件が入って、そっちに」

「商売繁盛《はんじょう》ならけっこうだけどね、今度から、別件にはあんたが行きな」

倉持はから拭き用の雑巾《ぞうきん》を広げながら、苦笑する。

「お気に入りなんですね、深江が」

「当たり前じゃないか。イケメンだしね」

「そりゃひどい。オレだって、まんざらでも……」

「口を閉じて、さっさと仕事しな」

「はいはい」

　まず手を合わせ、それからそっと位牌《いはい》を手に取る。柔らかいフェルトで優しく埃《ほこり》を払っていった。

　花江はみかんを手の中で弄《もてあそ》びながら、一人、つぶやいている。

「あのどっか影のある顔つきがいいんだね。茶色っぽい目とか、太い眉毛とか」

　御年八十五、相当、深江に参っているらしい。

　倉持は指示通りに口を閉じ、黙々《もくもく》と作業を続けた。

　花江が立ち上がる気配がした。加齢による関節の痛みが酷《ひど》いらしく、動作はいつもゆっくりだ。見かねて介助を申し出ようものなら、どやされる。倉持は気づかぬふりをしながら、仏壇の天井を軽く拭いた。

「お飲みよ」

　甘い香りが漂ってきたかと思うと、花江が炬燵に、カップを二つ置いた。

　ココアだった。体によいと評判になったことがあり、以来、欠かさず飲み続けているらしい。あまり甘くするとかえってよくないと聞いてからは、ほんのりと甘みが感じられる、絶妙のさじ加減となっていた。ここのココアは世界一だ。倉持はそう思っていた。もちろん、口にだしたことはない。

「いただきます」

体の向きを変え、花江と向き合った。

「父親のところ、行ってんのかい？」

ココアをすすりながら、花江が言う。

「いえ」

「ふん。あんたも頑固だね」

「お互いそうなんですよ。何しろ、親子だから」

花江はニコリともしない。

最後に父と会ったのは、昨年の夏だ。もう半年以上がたつ。

父とは二十年以上にわたって、諍《いさか》いが続いている。間に入ってくれる者もなく、かといって自分から折れるほどの寛容さも互いになく、関係修復などとっくにあきらめている。

老齢の父が要介護状態となった後も、距離が縮まることはなく、今は知人が紹介してくれた、完全看護のケアホームにいる。体の状態も安定しており、以前のようにあれこれ呼びだされることもない。普段、倉持の脳裏《のうり》に父の姿が浮かぶことなど、ほとんどなかった。

黙りこんだ倉持を、花江はじっと見つめている。

「悪かったね」

「え？」

「考えたくもなかったんだろ？　親のこと」

「……ええ、まぁ」

「親子だからって、そりが合わないこともあるさ」

それはまるで、自身に言い聞かせているかのようだった。

花江には子供がいない。しかし、もしかすると、過去に何かあったのかもしれない。今度は、倉持が花江の顔を見つめる番だった。探《さぐ》るような視線に、花江は声を荒らげる。

「便利屋！　さっさと仕事して帰っておくれ」

「はいはい、判りましたよ」

慌《あわ》てて炬燵を出る。

「花を買ってきます。いつもと同じでいいですか？」

「ああ。五百円の。なるべく日持ちしそうなのを選んでくるんだよ」

「判ってます」

「あーあー、あんた一人だと張り合いがないねぇ」

靴を履《は》きながら、倉持は振り返って尋《たず》ねた。

「あいつがいた方が、やっぱりいいですか」

「当然」

倉持は表に出る。風はいくぶん、おさまってきたようだった。

冬晴れの、雲一つない空を見上げ、倉持はつぶやく。

「やっぱり、捜さないとダメみたいだ」

植草吉三《うえくさよしぞう》は、すべての動きを止めた。ブナ林の向こうに気配があった。雪に覆《おお》われた一帯は、風もなく空は珍しく晴れわたっている。気温は氷点下十度。冷気が食らいついてくるようだった。

視界に入るものは、すべてが静止している。木々の幹《みき》は灰色にくすみ、葉を落とした枝の張りだしは、黒ずんだ骨のように見えた。

山に入ったのが午前八時過ぎ。腕時計を確認したいが、無用の動きは避けたかった。経験と勘《かん》からいけば、午前十一時過ぎ。太陽の位置から見ても、ほぼ間違いあるまい。

北東斜面を少し登ったところにある窪地《くぼち》に、鹿のフンがあった。その辺《あた》りがテリトリーであることは、大分《だいぶ》前から判っていた。状態から見て、通ったのはほんの少し前。植草の頭には、周辺の山々の様子がすべて入っている。標高差、植生、地質から、枝の張りぶり、根っこの出かた、わずかな段差や微《かす》かな窪みに至るまで。

いけるな。

植草は追うことに決めた。

たった一人で獲物を追う、単独忍び猟が植草のスタイルだった。獲物を追う者と獲物を撃つ者、それぞれがそれを分担し多人数で獲物を追う、巻き狩りなどという技法もあるが、植草に仲間はいない。一人で猟をするならば、罠《わな》を仕掛ける罠猟師の方が、効率はいい。それでも、植草は銃にこだわった。

肩にかけているのは、サコーＬ61Ｒフィンベアー。黒光りする銃身は細身で長く、一方、銃本体からグリップ、ストックにかけては木製だ。三十年以上前、当時の狩猟仲間に言われるがまま、購入したものだ。

かつて木目模様を美しく光らせていたグリップも、今では黒ずんで炭のような色をしている。自然の猛威にさらされ続けた銃身もところどころが銀灰色《ぎんかいしょく》に変わり、一方で何度か取り替えてきたスコープは黒々とした光沢を放つ。

老いた犬のようだ。人も老いるが、銃も老いる。それだけに、愛着もわく。

自分には、この銃があればいい。一人で山に入り、獲物を追い、仕留める。それが性《しょう》に合っていた。だから、昔も今も、ずっとこのスタイルを貫いている。

それでも、歳《とし》には勝てない。野山を駆ける体力、獲物の裏をかき追い詰める知力、衰えたとは思っていない。ただ、仕留めた獲物を、自宅まで運ぶ力が、もう出なくなっていた。

大きな獲物はもう狙《ねら》えない。仕留めても、動かす術《すべ》がない。

いま、植草が追っているのは鹿だった。さほど大ぶりでもない、メスだ。これならば、背負っていけば、自宅まで持ち帰ることができる。

しかし、獲物は狡猾《こうかつ》だった。実は、かつて一度、狙って逃《のが》したことがある。雨の午後、沢で水を飲む姿に油断し、距離を詰めすぎた。峻険《しゅんけん》な斜面を数十メートル下った後、銃を構えたとたんに、相手はぷいと姿を消してしまった。駆けだす瞬間、ちらりとこちらを見たような気がしたのは、植草の思い過ごしだろうか。

沢まで下り、獲物の足跡を辿《たど》ろうとしたとき、突如《とつじょ》、沢の水が増え始めた。まずいと思った時には、もう膝《ひざ》の辺りまできていた。川上で豪雨となり、沢の水位が上昇し始めたのだ。目についた岩に飛び乗り、そこを足がかりに斜面へと飛んだ。四つん這《ば》いになり、必死に斜面を登り返して九死に一生を得た。

身につけていた愛用の鉈刀《なた》や弾入《たまい》れは流されてしまった。

ちらりとこちらを向いた鹿の目。あれは何だったのだろう。植草は鹿が自分をおびきだし、沢に沈めようと企《たくら》んでいたように思えてならない。

狩りでは、常識では考えられない、奇妙な出来事が常に起こるものだ。

植草は浅い呼吸を繰り返しつつ、移動を再開した。ブナの原生林が広がるなだらかな斜面。雪に覆われてはいるが、積雪は一メートルほどだ。雪はしっかりと固まっており、ラッセルの必要はない。

林を抜けた先は、沢へと緩《ゆる》やかに落ちこんでいる。元々はそこもブナ林であったが、数年前の雨で崩れ、今は荒涼《こうりょう》とした見通しのよい斜面になっている。今は雪のため、まるで天然のスキー場のようだ。

そんな場所に人間が一瞬でも顔をだせば、動物は危険を悟り、しばらくその場には近づきもしない。

植草はブナ林の斜面を中腰となり、そのまま下り始めた。五〇メートルほどを一気に下りきり、沢へと降り立った。

原生林に覆われた斜面が三方から迫る、昼でも暗い、死の淵《ふち》を思わせるような場所だった。死地を何度もくぐり抜けてきた植草ですら、長居はしたくなかった。

逸《はや》る気持ちを抑《おさ》え、ゆっくりと足をだす。沢の雪は斜面より深く、膝の辺りまで沈みこんだ。膝頭で雪を蹴散《けち》らすようにして、さらに歩を進める。この歳で、単独のラッセルは骨が折れる。調子のよくない股関節が、ものの五分ほどで悲鳴を上げ始めた。

向かって右側の斜面、ブナの幹の向こうに、黒いものを見つけた。

獲物だ。あの鹿がじっと立っている。

臭いだ。植草の臭いを感じているに違いない。

沢を挟《はさ》んだ向かい側、崩落《ほうらく》で木々が流され、見通しの良くなったスキー場のような斜面。鹿は相手がそこからやって来ると思っている。

植草がいったん沢底まで下りたのは、鹿の裏をかくことはもちろん、風下に立つためもあった。クマなどと違い、力の弱い鹿は、驚くほど敏感だ。微かな臭い、音、気配ですぐに姿を消してしまう。

立ったまま、肩のフィンベアーを下ろし、構える。何千回と繰り返した動作だ。気配を悟られることなく行うことができる。銃は既に、腕の一部のような存在になっている。植草の骨格に、肌に、フィンベアーは馴染《なじ》んでいた。

右頰《みぎほお》に銃のひやりとした感覚が伝わる。緊張も気負いもなく、呼吸のリズムのみに気を配る。獲物はどこか不安げに頭を上げ、あたりをうかがっていた。植草の発する不穏な空気を、相手はぼんやりとではあるが、察しているようだ。察しているが、動けない。何かあと一つ、かすかな足音、小鳥のさえずり一つでも、均衡は破れ、鹿は深い山の中へと姿を消すだろう。

しかし植草は、獲物を完全に捉《とら》えていた。

引き金に指をかけ、しぼった。

パァァンという乾いた音が山の中を抜け、空へと上がって消えていく。

獲物はもう動かなくなっていた。

二　痕跡

窓から差しこむ光の中に、埃が浮かび上がる。カーテンを開けたのはしばらくぶりだ。それ以前から、掃除はしていない。

倉持は部屋の真ん中に鎮座する深江のザックに手をかけた。天蓋《あまぶた》を開け、中身を無造作に広げる。すべて使いこまれた山の道具だった。シュラフ、レインウェア、ガスカートリッジなどが、透明なビニール袋に分けて納められていた。一つ一つを入念にチェックしていくが、手がかりになりそうなものは、何一つない。レインウェアやジャケット、パーカーのポケットも探《さぐ》るが、ちり紙一つ、出てこない。

そりゃあ、そうだよな。

独《ひと》り言《ごと》をつぶやきつつ自室に戻り、プリンターを起動させる。PC《パソコン》の中にある深江の顔写真——便利屋であることを示す名札に貼るため倉持が撮った——を印刷する。無表情の、この上なく冷たい顔だった。何度か撮り直したものの、大した変化はなく、結局、写真はなしということになった。こんな写真を貼ったら、営業に差し支《つか》える。皮肉交じりに言った倉持の言葉を、深江はやはり冷たい顔で聞いていた。

いつのまにか、深江の思い出に浸《ひた》っている。倉持は内心、驚いていた。

三日も飼えば、犬でも情が移るって言うしな。

深江の顔が印刷された紙をクリアファイルに挟《はさ》み、また家を出る。

今の時点で、深江の手がかりは皆無《かいむ》だ。なぜ姿を消したのか。どこに行ったのか。何も判らない。ヒントらしきものも見つからなかった。

警察に頼るという手もあった。月島警察署には、気心《きごころ》の知れた男がいる。多少の便宜《べんぎ》なら図ってくれるに違いない。駅の防犯カメラの映像までは無理にしても、商店街界隈の映像なら、何とか入手できるかもしれない。しかし、深江の素性を考えると、それは好手とは言いかねた。

そもそも深江は、身元を証明できるようなものを、持っているのだろうか。免許証や保険証など。少なくとも、倉持は見た覚えがなかった。

本当に影みたいなヤツだ。

下手《へた》に警察沙汰《ざた》にすれば、やぶ蛇になりかねない。

では民間に頼るのはどうか。倉持は一時期、探偵業に身を投じていたことがある。その折に知り合った優秀な男がいた。彼に頼めば、深江の足跡を追うことは可能であるかもしれない。

倉持はその考えも捨てた。その男には、今までも散々世話になってきた。これ以上、迷惑をかけることなどできない。もう近づかない方がいいだろう。

そうなると、今の倉持にできることはただ一つだった。

自らの手で聞きこみを行うことだ。

深江を最後に見たのはいつか。倉持は記憶を辿る。

あれは三日前の昼だ。午前中、佃《つくだ》にある一戸建ての庭掃除を二人で行った。その後、倉持は一人、馴染みのもんじゃ焼き屋に寄り、店主の古賀《こが》と話をした。月島商店街の一部もんじゃ焼き店では、酔っ払いなどによるトラブル対策のため、自警団のようなものを組織している。倉持もその一員であり、古賀はリーダーを務めていた。気心が知れていることもあり、時々、昼食がてらに寄って、夜間のシフトなどについて話をするのが習慣になっていた。

古賀の店を出たのが午前十一時五十分ごろ。昼食は、昼のかき入れ時を避けて取るようにしているから、間違いはない。

花屋、本屋など商店街を一巡して、「おどりや」に戻ったのが午後〇時半。二階の部屋に、深江はもう戻っていた。部屋をのぞくと、何をするでもなく壁にもたれ、薄く目を閉じていた。

『何だ?』

ぶっきらぼうにきいてきた。

『いや、何でもない』

廊下に退散した。

次の仕事は午後四時からだった。月島四丁目にある整体院から患者を引き取り、車椅子に乗せ、築地《つきじ》二丁目の自宅まで送り届ける任務であった。

『次の仕事はオレ一人で大丈夫だから』

自室に戻りつつ、倉持は言った。返事はなかった。

それが、深江を見た最後だ。午後四時前、出かけようと部屋をのぞいたら、もう姿はなかった。

深江の様子には、あまりに変化がなさ過ぎて、とっかかりが見えない。いつも仏頂面《ぶっちょうづら》で、ものもほとんど言わず、そのくせ、仕事だけはほぼ完璧にこなした。収入については、家賃や光熱費などを差し引いた分を、二等分して渡していた。

家賃が格安というせいもあるが、今日日《きょうび》、便利屋はそこそこ金になる。二人で年中無休の働きをすれば、食うには困らない。深江の手元にも、そこそこの現金があったはずだ。

だが、先ほど調べた限り、現金はいっさいなかった。

深江は銀行口座など持っていない。倉持が手渡しした金は、そのまま部屋のどこかに置いていることになる。

『ないものに着目するのではなく、あるはずのものがないことに着目せよ』

倉持に探偵の作法を教えこんだ男の言葉だ。足を洗ってずいぶんになるが、そのときの教えは、ふとしたとき、頭の中に浮かび上がる。

世捨て人みたいな男のくせに、姿を消す際、有り金を残らず持っていった――。

深江に限って言えば、これは大きな手がかりだ。

ヤツはいったい、何に金を使うつもりだったのか。

「よう、倉持さん」

商店街を歩いていると、あちこちから声がかかる。いま声をかけてきたのは、買いだしから戻ったもんじゃ焼き屋の二代目だ。父親である先代は買いだし中、バイクで転倒し腰を骨折、入院中である。まだ若いが勢いのある二代目が店をやるようになってから、もう二ヶ月ほどだ。

「毎日、大変だな。親父さんは？」

「リハビリ中。文句ばかり言ってるって、オフクロがこぼしてた」

「何でも言ってくれ。手伝うよ」

「ありがとう」

この街に来て数年。いろいろと酷いことも経験したが、ひとまず、ここが自身の居場所となりつつあった。

「倉持さん」

また声をかけられた。その都度《つど》、倉持は短い立ち話を繰り返す。クリアファイルはそれとなく右脇に挟んでいる。印刷された深江の冷たい面構えが、少しのぞくようにして。

これが、いまの倉持にできる精一杯のことだ。このあと起こることに備え、倉持の足は微かに震え始めていた。


弾《たま》は鹿の首筋を撃ち抜いていた。雪面にはおびただしい血が飛び散っている。植草は腰のホルダーからナイフを取り、弾痕の辺りをさらに薄く切った。ドクドクとさらに流れる血が落ち着くのを待ち、腹を裂く。心臓、肝臓を取りだし、ビニール袋に詰める。残りの臓器はまとめて雪原に置く。すべて回収するのが猟を行う者のルールだが、植草はいつもその場に残していくことにしていた。餌《えさ》の乏《とぼ》しい冬の山において、鹿の内臓は他の動物たちにとってごちそうだ。

こうしたルール破りも、一人であるからできることだった。

処理のすんだ獲物を自作した背負子《しょいこ》にくくり、植草はゆっくりと斜面を登り始める。冬場で痩《や》せているため、鹿は思っていたよりも軽かった。それでも、四〇キロはあるだろう。

さきほどまでの晴れ間は消え、かわりに灰色の雲が空を覆《おお》い始めていた。午後三時くらいから崩れると読んでいたが、それよりも遥《はる》かに早い。観天望気《かんてんぼうき》など、自然に対する能力が加齢と共に落ちていた。風の匂いを読み、空気中の湿気を感じ、野山を駆けまわっていたかつての自分が懐かしい。

登り切ったとき、もう足は引きずる程度の力しか残っていなかった。後は気力だけだ。吐く息が白くたなびき、薄く伸びた髭《ひげ》の周《まわ》りが汗でむずがゆくなってきた。

猟師が身につける防寒着も、かつてとは大きく変わっている。冬山登山用の比較的安価で、それでいて機能的には優れたものが多く発売されていると聞く。

植草が身につけているのは、数年前に買った冬山用のインナー、自ら編んだセーターに、穴だらけのレインコートだ。インナーもほつれが出来るたびに自分で繕《つくろ》ってきた。雪面用のかんじきやスパッツなども似たようなものだ。中古品で安く手に入れたものを、修理に修理を重ね、だましだまし使っている。

尾根筋に出て視界が開けたのもつかの間、すぐにブナ林の中へと入っていく。来る時につけた自身の足跡を辿っていく。

気がつけば、ちらりほらりと雪が舞い始めていた。一時的な崩れだろう。そう読んだ植草はあえて急ぐこともなく、いつものペースで進んでいった。

斜面を下りた先は、曲がりくねった林道がのびている。思いがけず雪が勢いを増してきたため、植草は足を速めた。

気温が下がり、汗のしみた服がキリキリと植草の肌を刺した。

夕暮れにはまだ間があるが、機嫌を損《そこ》ねた空は暗く、すべてを灰色のベールの中に飲みこもうとしている。

林道を二十分ほど進んだところで、ぼんやりと小屋の姿が見えてきた。

植草の住まいである。一番近い民家まで、車で十五分。完全に孤立した場所だ。電気は自家発電で、水は付近の沢からくみ上げることでまかなっている。

小屋は平屋で、大きなものと小さなものが二棟並ぶ。猟師をしていた友人から譲り受けた土地に、植草が自ら建てたものである。

ここに移り住んで、もう二十年近く。右に建つ大きな小屋は住居である。板張りの一間だけで、煮炊《にた》きのできるスペースと寝床、あとは薪《まき》や猟の道具置き場となっている。長年の風雨にさらされ、老朽化も目立ち、まさに雨露を凌《しの》ぐだけのものと成り果ててはいるが、植草自身は、大して気にもしていなかった。暖を取るものもなく、真冬は室内に氷が張るほどであるが、服を着込んで布団にくるまれば、ぐっすりと眠ることもできた。

小さい方の小屋は、獲物の解体場所だ。猟銃の保管庫もここにある。土間にステンレス製のテーブルを置き、貯水タンクからの水が潤沢《じゅんたく》に使えるようになっている。冷凍庫は発電機頼みだが、冬場は一帯が天然の冷凍庫と化すので、必要はない。今もスイッチを切っている。

解体用の小屋に入り、背負子を下ろす。さすがにため息が出た。獲物の解体は早ければ早い方がいい。判ってはいても、体が思うように動いてくれなかった。

へたりこむようにして、その場でぼんやりと、横たわる鹿を見つめる。水晶玉のような目は開いたままであり、壁にかかる植草愛用のナイフたちに、恨《うら》めしげな視線を注いでいた。

植草は銃をいったん保管庫に入れ、鉈刀を外し、壁にかかる肉の解体用ナイフを手にとった。数種を使い分ける猟師もいるが、植草は一本だけで片付ける。マタギであった祖父からの教えである。持つものは最低限でいい。銃は手入れさえ怠《おこた》らなければいい。それよりも、獣《けもの》の心を読み、自然と意思を通わせることこそ、猟師にとっては大事だ。

マタギを追われた後も、一匹狼の猟師として野山を駆け巡った祖父を、植草は師匠と思い尊敬している。祖父とほぼ同じ年齢になった今は、余計に畏敬《いけい》の念が募《つの》る。

結局、足下にも及ばなかった。猟師としても、人としても。

ただただ、後悔だけがある。人を恨むまいと決めてはいるが、こうして獲物と一人向き合うとき、心の高揚が過去を振り返らせることがあった。

ナイフの柄を握りしめたとき、車の音が聞こえた。

この雪の日に、ここまで上がって来る人間は希《まれ》だ。いや、いるはずもない。

いるとすれば……。

植草は表の戸を開き、横殴《よこなぐ》りとなった雪の中、林道の先を見つめる。ガスの向こうから、ヘッドライトのぼんやりとした光跡が近づいてきた。

姿を現したのは、無骨な外観のオフロード車だった。車体正面に、植草でも知るベンツのマークがついている。ベンツのGクラスってヤツか。かつて、車好きの猟師仲間の一人が、カタログを見ながら言っていた。

『大物を捕まえて、こいつを買うんだ。一千万はする』

その男は酔っ払って側溝に落ち、死んだ。

男の憧《あこが》れであったベンツは、まん丸なヘッドライトで道を照らし、雪をものともせずやってくる。

車は小屋の前で緩《ゆる》やかに止まった。

助手席のドアが開き、黒い山用のジャケットを着た上背《うわぜい》のある男が下り立った。レザー製の登山靴を履いており、凍りついた雪道も臆することなく進んでくる。

「植草さん?」

植草は身長一六〇センチと男性では小柄な方だ。男は無表情のまま、戸口から顔だけだしたこちらを、見下ろしている。

植草は答えた。

「わざわざ来たところで、ここには何にもない。そこに獲《と》ったばかりの鹿がある。街に持っていって売れば、少しばかりの金にはなるだろうが」

「鹿……」

男は首をわずかに傾け、小屋の中をのぞいた。

「自慢の鹿肉をいただきたいところだが、時間がない」

「美味《うま》くはないと思うがな。もともと、オレが食べるために獲ったものだ」

一刻も早く、獲物の処理をしたい。一秒遅れるごとに、鮮度は下がる。味も落ちる。

「金を取りに来たわけじゃない」

男は植草を見つめたまま、瞬《まばた》き一つしない。

「金がないのは判っている」

「じゃあ、何しに来た？」

「頼みがある」

「オレに？」

「礼はする」

植草は歩を進め、表に出た。

「帰ってくれ」

「人を……撃って欲しい」

植草は小屋に入ると、保管庫を開き、しまったばかりのフィンベアーを取りだした。ひんやりとした手触《てざわ》りが、安心感を生む。こいつと一緒にいるときが、一番、落ち着くな。

植草は銃を持ち、男の元へと戻った。

「あんた、名前は？」

「熊本《くまもと》」

「熊本さん、猟師相手に、くだらない冗談は言わない方がいい」

銃を前にしても、熊本の表情は変わらなかった。

「猟師相手にそんな冗談は言わない。オレは本気だ」

植草は言った。

「人は、無理だ」

「あんたの評判は聞いている。腕は確かだし、度胸もある」

「誰に聞いたのか知らないが、オレはどこからもはじかれた、はぐれ猟師みたいなものだ。誰も、オレとは狩りに出ない」

「そうなったのは、あんたのせいじゃない。息子夫婦の命を奪った……」

「鹿を捌《さば》くんだ。帰ってくれ」

熊本は一歩も動こうとしない。雪が肩や頭を覆い始めているにもかかわらず。

「孫はどうしてる？　施設で寂《さび》しくしてるんだろう？　金があれば、引き取って一緒に暮らすこともできる。それだけのものは用意させてもらうつもりだ」

植草の心は波だっていた。孫のことを持ちだされたためではない。雪の中、動かず話し続ける男の態度に、揺り動かされるものがあったからだ。

黙《もく》したままの植草に、熊本はたたみかけてきた。

「申し訳ないが、時間がない。今すぐ。返事をするなら、今すぐだ」

「三十分だ。そこで待っていてくれ」

植草は小屋に入り、手荒く戸を閉めた。銃を握りしめた手が、微かに震えている。こびりついた雪が室内の暖気で溶け、首筋を伝っていく。灰色になった髪に積もった雪を手で払い落とすと、植草は銃をテーブルにたてかけた。鹿の脇には、解体用ナイフが放りだしたままになっている。

孫はいまいくつになったのだったか。植草は指を折って数える。最後に会ったのは五年前だ。泣き叫びながら施設の人間に連れて行かれる様子を、為《な》す術もなく見送った。あのとき、孫は二歳だったから――。

もう小学生か。

成長した孫と共に、日の当たる場所で暮らす。そんな光景がおぼろげながら、浮かび上がってきた。

植草は鹿に語りかけた。

「オレに撃てると思うか?」

ドアがノックされた。約束の三十分が経過していた。

植草は戸を開けた。熊本は雪にまみれていた。車にも戻らず、律儀《りちぎ》にその場に立って待っていたらしい。

「返事は」

「引き受けよう。ただし、一つ条件がある」

三　警告

冬の日が足早に暮れ、空は透《す》き通った藍《あい》色に染まっていた。この辺りは、夜になってもぼんやりと空が明るい。

時刻は七時を回り、商店街も人々で賑《にぎ》わってきた。

引け時だと、倉持は深江の顔が印刷された紙をクリアファイルごと丸め、ポケットにつっこんだ。

予想していたことではあったが、深江の目撃情報は皆無だった。

それは当然だ。あれだけの訓練を受けた男が、商店街の素人《しろうと》衆に顔を見られるわけがない。

深江の写真を手に商店街を駆けずり回った結果、判ったことは一つ。深江は自らの意思で姿を消したということだ。となると、まともな手段で追うのは難しいだろう。

つまり、まともでない方法に訴えるよりない。

最悪だ。

とはいえ、最悪にもいくつかのレベルがある。まだましな最悪。正真正銘、本当の最悪。かつて夏に巻きこまれた事件、昨年の秋の事件、この二つは、倉持の人生の中でも、本当の最悪と呼んで然《しか》るべきレベルだった。

今回は……。

月島商店街を抜け、晴海《はるみ》方向へ。昔に比べ、マンション群の明かりが目立つようにはなったが、未《いま》だ人通りの寂《さび》しい場所は多い。

晴海通りを渡り、勝《かち》どき五丁目方向へ。この辺りも変化が著《いちじる》しい。数年前までは古びた建物と空き地がほとんどだったのだが……。

背後から、黒のワンボックスがするすると近づいてきた。マツダのボンゴだ。倉持は気づかぬふりをして、車道側をのんびりと歩き続ける。

信号で足を止めた瞬間、ボンゴが横づけとなり、勢いよくスライドドアが開いた。助手席側のドアも同時に開き、それが目隠しの役目を果たす。後部シートから伸びてきた太い腕が倉持を摑《つか》み、車内へと引きずりこんだ。

時間にして数秒、実に手慣れた鮮やかな手口だった。

助手席のドアが静かに閉まると同時に、信号が変わる。車は何事もなかったかのように、またするすると走り始めた。

車は五人乗りで、車内には倉持を含めて四人の男がいた。運転席と助手席に一人ずつ、そして後部シートには、倉持を引きずりこんだ男がいる。顎《あご》の突き出た、茄子《なす》のような男だ。顔かたちは茄子でも、目つきは据《す》わっており、口元は不気味に綻《ほころ》んでいる。一見、華奢《きやしや》な体つきではあるが、さきほど、倉持を片腕で引っ張りこんだところを見ると、腕っ節も強そうだった。

極《きわ》めて危険な男である。倉持は長年の経験から察していた。

男の声は低くしゃがれていた。

「便利屋さん、忙しそうだね」

「ええ、おかげさまで」

車は晴海通りに戻り、法定速度を守りながら、勝鬨橋《かちどきばし》を渡っていた。自身のテリトリーから離れていく。不安感をあおる演出の一つだ。

倉持は言った。

「それで、オレに何か用かな？　仕事の依頼なら、もう少し……」

隣の茄子が、さっと右手を挙《あ》げ、倉持を牽制《けんせい》した。

「聞いていた通り、よく舌の回る方のようだ。いや、あんたに仕事を頼むつもりはないんだ。便利屋なんていくらでもいるんでね。用があるのは、相棒の方だ」

「相棒なんて、聞いたこともない。知ってるか？」

助手席の背に向かって言う。シートの男は振り返りもせず、じっと前を向いたままだった。

「愛想がないね。ひょっとしてマネキンか？」

茄子の笑みが徐々に硬いものへと変わっていく。

「相棒の居所《いどころ》を知りたいんだ。ここ最近、姿を見ていない」

「ああ、相棒って、深江のことか？　なら最初に名前を言ってくれよ。いきなり相棒なんて言うからさ」

「へらず口はそのくらいにしておこう。深江はどこだ？」

「知らないよ」

茄子が色の悪い唇をきゅっと歪《ゆが》めた。

「そんなわけはないだろう」

「本当だ。あんたらがどれだけ深江のことを知ってるか判らんが、あいつは口数が少ない。表情も乏しくて何考えてるか見当がつかない。そんなヤツが、ぷいっと消えちまったんだぞ。オレに何が判る」

「それで……」

茄子がふいに手を伸ばし、倉持のポケットに手をつっこむ。抵抗する暇《いとま》もなかった。クリアファイルを引っぱりだすと、茄子は薄ら笑いを浮かべつつ、中の紙を取りだした。深江の冷たい顔が、茄子を見つめていた。

「こいつを持って、聞きこみに歩いていたってわけか」

茄子は、紙を引き裂くと、ウインドウを開き外へ放り投げた。

「深江の行き先を知らないっておまえの言葉は信じてやる。実は、一番重要なのは、そこなんだよ」

「話が見えなくなってきたな」

茄子がぐっと顔を近づけてきた。

「深江のことは忘れるんだ。捜そうなんてしちゃいけない。深江なんて男は最初からいなかった。そういうことで、どうだ？」

「嫌だと言ったら？　付き合いは浅いが、一応、友達なんだ」

「友情なんてものは、この世にだけ存在する幻想みたいなものだ。あの世に行ったら、ふいっと消えちまう」

「脅《おど》し文句にしては、詩的だな。出来がいいとは言えないが」

「この状況で、余裕をかましながら軽口を叩《たた》いているあんたの度胸には、心底、敬服する。オレとしても、あんたに会って話をするのは、今日が最後にしたい」

「次に会うことがあれば……ま、その先は言わないよ」

「返事は？」

「こんな暮らしだが、この世でまだやり残したこともあるんでね。ああ、下ろすのなら、せめて勝どきまで戻ってからにしてくれ」

「いやだね」

車が止まった。東京駅八重洲《やえす》口の前だった。

「適当に帰んな」

ドアが閉まるとき、茄子は陽気に手を振った。走り去る車のブレーキランプを見送りながら、吹きつける北風に悄然《しょうぜん》と肩をすぼめる。

改装が終わり、やけにだだっ広くなった通りを、隅田川《すみだがわ》方向に歩きだす。あちこちがライトアップされ、辺りは昼間のように明るかった。

一発、二発は食らうことも覚悟していたが、あの茄子はなかなかの紳士だった。そして、自分が思っているほど頭は良くない。こちらのまいた餌に、速攻で食らいついてくれたのだから。深江の顔をさらしながら、あちこち駆けずり回った甲斐があったというものだ。

倉持が深江の行方を捜し始めたことで、奴らは慌てた。そこで、探りを入れてきたのだ。酷く高圧的なやり方で。

彼らの浅薄《せんぱく》な行動のおかげで、判ったことがいくつかある。

深江の失踪が、現実であるということ。ふらりと思い立って、温泉旅行に行ったわけではないのだ。このまま、じっと待っていても、彼はおそらく戻ってはこない。

もう一つ、彼の失踪には質《たち》のよくない連中が絡《から》んでいる。それも、かなり大がかりな。予想していたことではあるが、深江は何者かに追われている。

そして最後に、深江はまだ生きている。どこでどうしているのかは判らないが、追っ手と戦いながら逃げている。

ふらりといなくなったのは、オレを巻きこまないためか？

そう考えれば、美しい友情物語と言えなくもないが、状況はそう単純でもない。深江であれば当然、倉持にも監視がつくことは予測できたはずだ。そして、倉持が大人しくしているはずがないことも。

ならばなぜ、手がかりを残していかなかったのか。理由は明白だ。残せば、敵にも悟られる。

「相変わらず、面倒くさいヤツだ」

思わず独り言がもれた。

それとなく尾行を確認しつつ、携帯をだす。せっかくここまで連れてきてくれたのだ。一つ目の手札を切らせてもらおう。


再び車の音が聞こえたのは、深夜二時を回ったころだった。昨夜からの雪は小康状態となり、風もおさまっていた。

夜明け前、もっとも冷えこむ時間である。

植草はまんじりともせず、銃を抱《かか》えたまま、解体小屋の床に座っていた。テーブル上の鹿に手をつけることはできなかった。

すまんな。無駄死にになっちまった。

獲った獲物は、すべていただく。それが教えられてきた掟《おきて》だった。肉も内臓も皮も、すべて使い切る。それが、命に対する礼儀なのだ。

植草はゆっくりと立ち上がり、腰を伸ばす。戸を叩く音が響く。相手の苛立《いらだ》ちが、音となって伝わってくる。

植草は銃を片手に戸を開いた。

熊本が一人で立っていた。植草は言う。

「早かったね」

口を開かず、熊本は無言の圧力をかけてくる。

「どうやって見つけた？」

「あんたに関係あるのか?」

「顔を見させてくれ」

熊本が背後のベンツに向かって合図を送る。

後部ドアがゆっくりと開き、三十代半《なか》ば、がっしりとした男が姿を見せる。眉は薄く、細めた目の光は凶暴さと怒りを孕《はら》んでいた。灰色のスーツを着た男は、ピカピカに磨き上げた靴を気にしながら、雪を踏みしめた。

「こんな辺鄙《へんぴ》なところまで連れてきて、何のつもりだ?」

男はすごむ。その顔から、植草は目を離せない。数年越しの願いが、こうも突然にかなうものなのか。

「石崎保《いしざきたもつ》――」

男の名前が自然と口をついていた。

「何だ、テメエ。何でオレの名前を知ってる?」

石崎は肩をいからせながら植草に向かおうとした。運転席から出てきた黒服の男が、石崎の肩を摑む。

「何だ? 放せ」

振り払おうとしたが、黒服の力は相当に強いようだ。びくともしない。

「な、何だよ……」

ここに至って、ようやく場を包む異様な雰囲気に、気がついたようだった。

「お、親父が行けっていうから、来てやったんだ。何なんだ、これ」

無言でやり取りを見ていた熊本が、薄い唇を開いた。

「石崎保。衆議院議員石崎谷朗《やつろう》の息子。祖父は文部大臣まで務めた石崎祐太朗《ゆうたろう》。付け加えるなら、彼の兄は昨年の選挙で当選、親子三代で国会議員と騒がれましたね」

「何だ、この野郎、聞いたふうな口、きくんじゃねえよ」

石崎は喚《わめ》くが、押さえつけられていてどうにもならないようだ。

熊本はわずかに顔を顰《しか》めると、植草に向き合う。

「名門石崎家にあって、ただ一人の落ちこぼれがこいつだ。中学時代から暴力沙汰を繰り返し、今では半グレのリーダー格におさまっている。窃盗や暴行などを繰り返してはいるが、そこは権力者の息子、最近は上級国民なんて言葉もあるらしいな」

植草の体から血の気が引いていく。雪の中に立ち尽くし、植草は久しぶりに、寒いと思った。山に入っているとき、獲物をじっと待っているとき、一度として寒いなどと感じたことはない。寒くても寒くない。体はもう慣れている。それが――。

「放しやがれ。こんなことをして、ただじゃ済まさねえ」

石崎の声で我に返る。植草は彼に近づき、真正面から向き合った。

「あなた、私を覚えていませんか?」

「何だ、じじい」

「あなたが車で撥《は》ね飛ばした植草陽太郎《ようたろう》の父親ですよ」

石崎の頬がわずかに引きつった。

「う、植草って、あの?」

「昼間から泥酔し、車を暴走させ、交差点を曲がりきれず、信号待ちをしている家族連れに突っこんだ。息子とその妻は即死、危ういところで、孫だけは無傷だった。衝突寸前、息子が孫を突き飛ばしたからと言われています」

石崎の目は泳ぐ。

「そ、そんなことまで、知らねえな」

「周囲にはたくさんの人がいて、運転席から転がりでたあんたを目撃している。なのに……」

植草は石崎を見つめた。

「どうしたわけか、逮捕されたのは、あんたの友人だった。運転していたのは、その人物であり、あんたは車を貸しただけってことになった」

「なったも何も、それが真実だから……」

「権力者である祖父、父親が介入した。そんな噂が聞こえてきたよ」

「知るか、そんなこと。それより、いきなりこんなところにつれて来て、こんなの誘拐じゃないのか?　犯罪だろ」

熊本が冷たい声で答える。

「お忘れになっては困る。あなたは、お父上から、我々と一緒に行けと命じられ、車に乗った。お身内の方は、あなたが誰と一緒にいるのかご存じだ。これは誘拐には当たらない」

石崎は笑った。

「なら、さっさと帰した方が身のためだ。テメエら全員、ただじゃ済まさねえ」

「まだ判っておられない。あんたは、切られたんだ」

「あん？」

「これまで、事あるごとにあんたを庇《かば》ってきたご親族。その我慢も限界にきた」

石崎の顔がみるみる青ざめていった。

「そ、それって……」

「お父上はあんたを我々に差しだしたんだよ。あんたがどんな目に遭《あ》うのか判っていてね。さて……」

熊本が植草に言った。

「この男を連れて来いというのが、条件だったな。連れてきたぞ。どうする？」

「試し撃ちをしたいんだよ」

熊本の表情が心なし硬くなった。

「銃の手入れは常にしているんだろう？」

「そういう問題じゃない。オレはこの年まで何百という獲物を撃ってきた。だが、人だけは撃ったことがない。だから、自分でも判らないんだ。いざ、鉄砲の先に人を捉えたとき、引き金が引けるのかどうか」

植草は横目で石崎を見る。

「ぶっつけ本番ってのは、あんたとしても、避けたいだろう？」

熊本は無言である。

植草は石崎に向かって言った。

「狩りを始めよう。獲物はあんただ。猶予《ゆうよ》は、そうだな、一時間やろう。逃げ切れたら、あんたの勝ち」

「狂ってる……人間の考えることじゃねえよ」

「酔っ払って人二人を撥ね飛ばすのも、人のすることではなかろう？　突然、両親を亡くした子供のことを考えたことがあるかね？」

石崎はふて腐れたように口を尖《とが》らせる。

「知らねえ、知らねえよ」

「一時間のうちに、よーく考えるんだ。さあ、もう時計は回ってるぞ」

石崎に背を向ける。熊本と目が合った。こちらを見る目つきが、さっきまでとは明らかに違っていた。

「狩りまでは……条件に入っていなかったんだがな」

「仮眠をとる。一時間たったら、起こしてくれ」

植草は解体小屋に入ると、銃を傍《かたわ》らに置き、横になった。冷え切った床からは、しんしんと冷気が沁《し》みてくる。

植草は目を閉じた。眠りはすぐにやってきた。

四　依頼

ビルの明かりも消え、人通りもほぼ途絶えた八重洲通りにあって、喫茶店「にしむら」の明かりは、いつも倉持をホッとさせる。

深夜を回った時間であっても、その明かりが消えることはない。

とはいえ、店内に倉持を除いて客の姿はなく、レジカウンターの向こうで、マスターが腕組みをしたまま船をこいでいる。

幾度《いくたび》にもわたる開発の波を乗り越えたこの喫茶店は、昭和の面影《おもかげ》を残す、今となっては貴重な場所であった。すり切れたソファや表面がざらざらになった木製のテーブル、ヤニで黄色くなった天井、ステンドグラス風の笠をかぶった照明。ふちの欠けた灰皿を前に、倉持は大して美味《うま》くないコーヒーに口をつけた。

カランとベルの音が響き、ドアが開いた。入ってきたのは、砂本《すなもと》である。探偵事務所に所属していた当時の同僚であり、倉持よりわずかに優秀であり、格段に世渡りの上手《うま》い男であった。今は独立してそこそこの規模を誇る探偵事務所の所長におさまっている。

砂本は仏頂面のまま、向かいに腰を下ろした。ベルの音に飛び起きたマスターは、注文を取りにくることもなく、倉持が飲んでいるのと同じ、大して美味くもないコーヒーを運んできた。砂本も店の常連であるが、マスターは二人と目を合わそうともせず、元の場所に戻り、また船をこぎ始めた。

「トラブルか」

砂本はコーヒーに手をつけようとはせず、倉持を値踏みした。

彼が鋭いわけではない。倉持がここに来るのは、大抵《たいてい》、トラブルでにっちもさっちもいかなくなったときだ。

「頼みがある」

「頻度《ひんど》が上がっているな。夏に会った時は数年ぶりだったのに、秋に連絡が来て、今度は春が来るより早い」

「無事に春を迎えられたら、礼をするよ」

「頼みならさっさと言え。どうせ、急ぎなんだろう?」

「東北にある、薬物関係の更生施設を当たって欲しい」

「人捜しか?」

「マイと言う名前の女だ」

「そいつは、本名か?」

「判らん」

「人相は?」

「判らん」

「はっ」

砂本はお手上げのポーズを取る。

「そんな人捜しを、無報酬、しかも急ぎでやれと」

「ここのコーヒー代はだす」

「いらねえよ」

「頼むよ」

「京都《きょうと》にチェーンの餃子屋《ぎょうざや》がある」

「報酬は餃子でいいのか?」

「黙って聞け。そこは金のない学生からは金を取らない。代わりに皿洗いをさせるんだそうだ。最近は仕送りの少ない学生も多いらしいからな」

「判ったよ」

倉持は言った。砂本はにやりと笑う。

「何が判った?」

「体で払えってことだろう?」

「表現がよくないな。だがまあ、つまりはそういうことだ。報酬分、うちの探偵事務所で働いてもらう。期限は区切らない。俺がいいと言うまでだ」

「判ったと言っただろう。探偵でも皿洗いでも、何でもしてやる」

砂本の顔は、好奇心で赤く染まりそうだった。

「おまえがそこまで必死になるってのは、ただのトラブルじゃないな」

「質問はなし。こちらの条件はそれだけだ」

「交渉成立だ。すぐにかからせる」

砂本は立ち上がる。着ていたコートも脱がず、コーヒーにもついに手をつけなかった。

「連絡するよ」

大股で出て行く颯爽《さっそう》とした後ろ姿を見送り、倉持はほんの少し、気落ちする。颯爽とした人生を手放してしまった自分への苛立ちだ。

ふと見ると、コーヒーカップの陰に千円札が二枚、たたんで置いてあった。「にしむら」のコーヒーは一杯、税込み千円。

倉持はまた、ほんの少し落ちこんだ。


眠りについてから、五十五分で目が覚めた。大鍋に残っていた水をコップにすくい飲む。昨夜から何も口にしておらず、冷えた水が胃のあたりをキリキリと噛《か》んだ。狩りをするのなら、このくらいが丁度《ちょうど》いい。

戸を開けると、雪は止んでいた。雲が厚く垂れこめてはいるが、数時間はもつだろう。気温は零下だ。月も星明かりもなく、周囲は闇に包まれている。植草は闇の中でもある程度、目が利《き》く。外に出て、周囲を確認した。

熊本たちの車は、同じ場所に駐《と》まっていた。窓ガラスは曇り、中の様子をうかがうことはできない。

室内灯がついた。助手席のドアが開き、相変わらず険《けわ》しい表情の熊本が姿を見せた。

「俺たちは手出しをしない。万が一、逆襲されておまえが殺されても、助けたりはしない」

植草はスリングで銃を肩にかけると、雪面の状態を確認する。

「黙って見ていればいい。一時間とかからないだろう」

植草は立ち上がる。熊本はうっすらと伸びた髭を触りながら、言った。

「石崎は……」

「言う必要はない。逃げた方向が判っては、公平とは言えんだろう？　それに、あいつがどっちに行ったかくらい、もう判っている」

植草は銃を腰だめに構えると、林道に出た。この程度の積雪ならば、橇《かんじき》などはいらない。履き慣れた狩猟用の靴があれば十分だ。

暗闇の中、林道を下り始める。積もった雪に石崎の足跡がくっきりと残っていた。千鳥足だ。突如、身に降りかかったことへの驚きと恐怖で、混乱状態なのだろう。

一時間を与えたのは、石崎が暗闇の中、林道を下り、民家に駆けこみ、通報をするのにギリギリの時間と考えたからだ。雪がなく、精神状態も普通であれば、半時間ほどでたどり着ける距離だ。

植草は雪面を蹴《け》るようにして走り始めた。

周囲の地形は完全に頭に入っている。林道のわずかな凸凹《でこぼこ》でさえも。

それを考えると、石崎にはちょっと不公平だったかもしれないな。

植草は思う。足跡は蛇行しながら、続いている。歩幅、足跡の深さなどから、石崎の心はしっかりと読み取れた。

反撃の恐《おそ》れはない。戦意は喪失しており、ただ、逃げることにのみ傾注している。

山に棲《す》む動物たちに比べ、何と張り合いのない相手であることか。

かつてはクマを相手にしたこともあったが、六十を超え、今の地に移ってきてからは、最低限の暮らしのため、鹿を撃つ毎日だった。時には、害獣駆除のため出動することもあった。その場合、獲物は大抵、イノシシだった。忍び猟一筋で来た植草には、仲間もおらず、友人と呼べる者もいない。何のために生きているのかと自問することもある。自殺を考えたことも一度ではないが、その都度《つど》、衝動的な気持ちを押しとどめるのは、かつて山で追った獲物たちの記憶だった。散々、命を奪ってきた自分が、苦しいからといって、自ら命を絶つことなど、許されるはずもない。

小屋を出て一時間、林道の向こうに気配を感じた。闇の中ゆえ、いかな植草でも、はっきり見ることはできない。それでも、そこにいるとの確信があった。

猟の基本は、気づかれぬよう忍び寄り、一発で仕留める——だ。

植草は呼吸を浅く保ち、体の重心を下げつつ、足音を殺し前に進む。

林道の右側は谷底に向かって切れ落ちており、一方、左側は雪すらつかぬ切り立った斜面がそびえる。谷底と道を隔《へだ》てているのは、ガードレールだけだ。いま、前を行く獲物はそのガードレールに右手をつき、ぜえぜえとあえいでいた。

獲物までの距離、二〇メートル。楽に狙える距離ではあるが、確実に仕留めるには、もう少し寄る必要があった。

獲物はもう、判断力を失っている。足音をたてて近づいたところで、気づきはしないだろう。それでも植草は、一歩一歩、慎重に進んでいく。その間に銃を肩から下ろし、手元に引き寄せる。

一五メートル。獲物はふらつきながらも、また歩き始めた。

植草は「ふいっ」と口笛を鳴らした。

ある一時期、犬を飼っていた。猟犬ではなかったが、野山を庭に駆け回る、頭の良い犬だった。山のどこにいても、植草の口笛を聞くや、一目散《いちもくさん》に駆け戻ってきた。共同生活を始めて半年、犬は猟師の罠にかかった。足が曲がり血まみれになりながら、近づいてくる植草を切なげに見上げていた。植草は犬の頭を撃った。最後まで名前はなかった。

そんな植草の口笛に、獲物は文字通り飛び上がった。闇の中でも、姿が見えるギリギリの距離だ。

獲物は短い叫び声を上げると、こちらを見たまま、後ずさりを始めた。

「そんな……早すぎ……」

植草は銃を構えた。銃口を相手の胸に向けた後、眉間《みけん》へと照準をあらためる。

獲物はこちらに背を向けると、一目散に駆けだした。だが、数歩といかぬうち、滑《すべ》って転ぶ。

雪面にへたりこんだまま、植草の方を見上げ、首を激しく左右に振る。

「止《や》めて……止めてくれ」

泣いているようだった。無様《ぶざま》に鼻水を垂れ流し、両手を組んで祈りのポーズをしている。

銃を構えたまま植草は、なぜあそこで口笛を吹いたのかを考えていた。あのまま撃てば、一発の銃声だけで猟は終わっていた。

自身の存在を、わざわざ獲物に知らせた。

猟師失格だ。やはり、人は難しい。

植草はあらためて、相手の眉間に照準を合わせる。何か叫んでいたが、もう耳には入らない。

もうオレは猟師ですらなくなった。

引き金を引いた。

五　母娘

京王《けいおう》線調布《ちょうふ》駅前の変貌ぶりに、倉持は携帯片手に立ち尽くす。

京王線が地下に入り、合わせて駅全体が地下へと移動した。かつて線路が走り、駅舎のあった場所には新たな道が敷かれ、新たな建物が作られていた。

携帯の地図を見ながら、かつて踏切のあった交差点を渡り、住宅街へと入る。ようやく方向感覚が戻ってきたところで、目的の場所を見つけた。新築の瀟洒《しょうしゃ》な家々やマンションに埋もれるようにして建つ、木造の一戸建てだった。築は古いが、手入れは行き届いている。猫の額《ひたい》ほどの庭もあり、穏やかな緑に覆《おお》われていた。

門の前から中の様子をうかがうが、人の気配はない。倉持は数メートル先の十字路まで行き、電柱の陰に身を寄せた。都心とはまた違う、染み渡るような寒さだった。人通りは多くないが、たまに行き過ぎる者たちは、一様に肩を窄《すぼ》め、背を丸め、先を急いで行く。

十五分がたったころ、道の向こうに女の子の手を引いた細身の女性が現れた。周囲に気を払っていないのは、通い慣れた道ということか。

女性と少女は、一戸建ての前で足を止める。女性がカギを取りだしたのを見て、倉持は張りこみ場所を離れた。

女性は気配に敏感だった。すぐ倉持に気づき、険しい顔で少女を手元に引き寄せる。

倉持は歩みの速度をさらに緩め、両手を肩の高さに上げる。まったく無意味な所作と判りつつも、ついそうしてしまうのだ。

「突然、すみません。私、倉持と申します。深江君の友人です」

深江という言葉に、女性の視線が微かに揺らいだ。

倉持はさらに続けた。

「彼のことで参りました。少し、お話を聞かせていただけないでしょうか」

女性が見せたのは、驚きや困惑ではなく、恐れに近い感情だった。

「深江さんが……まさか？」

倉持は、唇をかすかに震わせる植村真弓《うえむらまゆみ》に言った。

「行方が判らないのです」

真弓は少女の手を握りしめたまま、その場を動かなかった。少女は怪訝《けげん》な顔もせず、ただじっとうつむいている。

倉持が植村母娘《おやこ》のことを聞いたのは、天狗岳から戻ってしばらくたってからのことだった。こちらが尋ねもしないのに、深江の方から語り始めたのだった。

数年前、福島《ふくしま》県にある嶺雲岳《れいうんだけ》で、反社会集団による惨事があった。薬物絡みで抗争状態となった二つのグループが嶺雲岳山中で戦い、相討ちとなって全滅した、というものだ。

夫の慰霊登山に来ていた植村真弓と娘佳子《よしこ》は、その抗争に巻きこまれた。彼女たちと一緒にいたガイドの男性三名は死亡、彼女たちは人質となり、死の瀬戸際に立たされた。

その惨劇の山に、深江もいた。偶然ではない。真弓の夫と深江は旧知の仲だった。彼もまた慰霊登山で嶺雲岳に来ていたのだ。なぜそのことを真弓たちに告げなかったのか、その理由を深江は語らなかった。それでも、想像することはできる。

深江はたった一人で悪党たちと戦い、全員を殺した。真弓と娘は無事に下山し、すべては反社会集団同士の内紛と結論づけられた。真弓は今もって、あの山に自分がいたことを知らないだろう、と深江は低い声で言った。

一方で、どういう手段を使ったのか判らないが、深江は植村母娘の動向を把握していたようだ。深江は遠い目をしながら、つぶやいた。

『母娘は福島を離れ、今はここ東京でひっそりと暮らしているよ』

あのとき、深江はなぜ二人のことを話したのだろう。一時の感傷に流されるような男ではない。彼の行動には、必ず何らかの意味がある。

もしかすると、今回のような事態を薄々、予想していたのではないか。そして、倉持が食らいついていけるよう、餌をまいていた——。

何の根拠もないが、砂本と別れた足でここにやって来たのは、そんな思いがあったからだ。

黙《もく》したままの倉持に業《ごう》を煮やしたのか、真弓が決然と顔を上げ、言った。

「娘もおりますので、手短にお願いします」

「恐縮です」

真弓は先に立ち佳子と共に歩く。倉持は数歩離れ、後に続いた。

さっきまで身を寄せていた十字路の先に遊歩道があり、そこを一分ほど行くと、緑地公園に突き当たる。冬の寒空の下ということで、晴れてはいるが、人気《ひとけ》はない。

真弓は佳子を連れ、入り口横のベンチに座った。

「佳子、少し一人で遊んでいてくれる？」

「うん」

佳子は素直にうなずき、ブランコへと駆けていく。

倉持は立ったまま、言った。

「素直でいいお子さんですね」

「いいえ」

真弓は暗い表情で首を振る。

「慣れてるんです。こういうことに」

倉持は言葉を失う。真弓は本音《ほんね》を取り繕《つくろ》うように言った。

「あの山で何があったかは、他言してはならない。その条件を飲むのなら、生活の保障はする。ある人にそう言われました」

「それはつまり、国側の人間ということですか？」

「それについても、申し上げられないんです。とにかくその方は、実家を閉めて東京に行くことを勧《すす》めてくれました。仕事も住まいもすべて用意してくれて……」

倉持はいたたまれない思いだった。過去を背負いながら、ここでひっそりと生きる母娘の生活を、自分はいま危険にさらしている。

「来たのは間違いだったようです」

倉持は言って、立ち上がった。

「失礼しました。私のことは、どうかお忘れ下さい」

真弓の顔をまともに見られず、うつむいたまま彼女に背を向ける。

「待って！」

首筋に痺《しび》れを感じるほどの、強い声だった。

「深江さんに、何があったのですか？」

佳子の乗るブランコがキィキィと音をたてる。彼女はぱっちりとした目を、じっとこちらに向けていた。

深江は唇をかみながら、振り返る。

「数日前から、行方が判らなくなっています。私は昨年秋から、彼と一緒に働いています」

真弓はかすかに目を見開いて、「働く？」とつぶやいた。

「深江さんは、何をされていたのですか？」

「便利屋です。東京の中央区で、まあ、彼と私だけで回している……」

真弓は放心したように肩の力を抜き、両目を潤《うる》ませた。その涙の意味も、倉持には判らない。

深江と真弓、かつて二人に何があったのだろう。

　真弓は細い声で言った。

「深江さんと会ったのは、主人の葬儀が最後です。その後は消息も判らなくて……でも……」

　佳子がブランコから下り、こちらに駆けてくる。小さな体を抱きしめながら、真弓は続けた。

「嶺雲岳で男たちに襲われたとき、生きて山を下りることはないと思いました。何とか娘だけでもと祈りましたが、非力な私一人ではどうすることもできない。悔しさと悲しさでいっぱいのとき――」

　真弓の目はどこか遠くを見つめていた。

「深江さんが助けてくれたんです」

　倉持は思わず息を詰めた。

「そのこと、ご存じだったのですか？」

　真弓は小さく首を振る。

「直接、見たわけではありません。でも、感じたんです。深江さんは私たちを守るため、たった一人で、武装した男たちと戦ってくれている……と」

「しかし、報道などでは……」

「ええ。救助が来たとき、彼の気配はもう消えていました。それっきり、どこでどうしているのか、判りません」

「そのことを、今まで口にしたことは？」

「いえ、ありません。あなたが初めてです」

真弓はそこでくすりと笑った。娘の髪をやさしく撫《な》でながら。

倉持は立ったまま、尋ねた。

「嶺雲岳に登られたのは、慰霊登山と聞きましたが」

「はい、夫の。救助活動中に亡くなりました」

「立ち入ったことをおききしますが、ご主人と深江とはどういう……？」

答えの前に、短い沈黙があった。雄弁な沈黙だった。

真弓は言った。

「山仲間でした。救助活動に当たるときは、いつも二人一緒で。ただ、主人が亡くなったときは、たまたま……」

倉持の中にあった様々なピースが一つになりつつあった。

深江のことだ、植村の死に責任を感じていたに違いない。そして、植村の妻真弓に対し、彼は秘めた想いを抱《いだ》いていた。

おまえってヤツは……。

心の内でつぶやかずには、いられなかった。俺も山では随分《ずいぶん》と痛い目に遭ったが、おまえには負ける。

「最後に一つだけ質問させて下さい」

倉持は言った。真弓は目を伏せたまま、娘の肩を抱きしめている。

「深江が行きそうな場所に心当たりはありますか」

あるわけがない。答えは判っていた。嶺雲岳の前後何年にもわたって、二人は会ってすらいない。彼女に深江の何かが判るはずもなかった。

それでもきかずにはいられなかった。このまま手ぶらで帰れようはずもない。深江は何か意味があって、彼女のことを話したのだ。

そう信じたかった。

真弓は申し訳なさそうに首を振る。

「さあ——」

佳子が頬を真弓の膝にすり寄せながらつぶやく。

「ママ、寒くなっちゃった」

「ごめんね。もう帰ろうね」

真弓は立ち上がる。

「すみません、私には心当たりが」

「いえ、構いません。お引き留めしてしまって」

倉持が頭を下げた後も、真弓はなぜかその場を動こうとはしなかった。佳子が「ママ、行こうよ」と袖《そで》をひっぱる。

「そういえば一度、主人と深江さんが話していたのを聞いたことがあります。今まで登った山で、どこが一番だったか」

真弓の夫も深江も山を愛していた。そうした会話は日常茶飯事《さはんじ》だったろう。

真弓は続けた。

「深江さんがどこかの山の名前を挙げ、主人も同意していました。そのとき深江さんが、そこは最高だと熱っぽく語っておられたのが、印象に残っているんです。彼はそういう話し方をするタイプじゃないですから」

倉持は大きくうなずいた。

「口数の少ない、判りにくいヤツです」

「深江さん最後に、死ぬまでにもう一度、その山に登りたい。いや、死ぬならその山のピークがいい、そう言ってました。夫は縁起《えんぎ》でもないこと言うなって怒っていましたけど」

「なるほど」

「夫が亡くなったのは、それからすぐでした。皮肉なものです……ああ、すみません、こんなこと何の役にもたたないですよね」

「いいえ、それはまだ判りません。今はどんな情報でも助かります。ちなみに、その山の名前、判りますか?」

真弓は過去から記憶をたぐり寄せるように、首を傾《かし》げる。

「思いだそうとしているんですけど……。私、あまり山に詳しくないものだから……」

「オクホだよ」

足下から声が聞こえた。佳子だった。じっと母親を見上げ、得意げに顔を赤らめている。

「え？　何？　佳子」

「パパが言ってた、オクホ」

倉持は言った。

「オクホ……奥穂、奥穂高岳《おくほたかだけ》のことか？」

「佳子、本当なの？　あなた、あの話、聞いてたの？」

「うん、絶対間違いないよ。パパがあとで、山の写真を見せてくれたんだ。ここが深江のおじちゃんが一番好きな山なんだって」

それが、奥穂。

深江の背中が、ぐんと近づいた気がした。

「ありがとうございます。少し希望がわいてきました」

頭を下げ、背を向けようとした倉持に、真弓が何かを差しだした。

「これを」

名刺だった。肩書きも何もない。ただ真ん中に「儀藤堅忍《ぎどうけんにん》」という名前があり、裏側には、電話番号と思《おぼ》しき数字の走り書きがあった。

受け取ったものかどうか判らず、倉持は真弓を見返す。彼女の目にはまだ、迷いの名残があった。

「私たちの面倒を見てくれた人です。最後に会ったとき、これをくれました」

「これを、私に？」

「何かあったら、ここに連絡しろと」

「そんな大切なものを、貰《もら》うわけにはいかない。この名刺は、あなたがたにとっての生命線のようなものだ。もし私が連絡をしたら、あなたがたは彼の庇護《ひご》を永遠に失うことになる」

「いいんです」

真弓は名刺を倉持の手に強く押しつけてきた。名刺は真ん中からくしゃりと折れ曲がる。

「深江さんを見つけてください」

真弓は佳子の手を取ると、倉持に背を向けた。娘の手を引っ張るようにして、早足で遠ざかっていく。

倉持は手のひらに残った名刺を見る。

深江がなぜ、真弓のことを話したのか。その理由が、ようやく理解できた気がした。

倉持はいま、深江の敷いたレールの上を走る、燃費の悪いポンコツ列車だ。

ではこの辺りで、たっぷりと燃料を補給してもらうことにしよう。

倉持は携帯を取り、名刺裏の番号にかけた。


再び重い雪が降り始めた。植草は二列目のシートに座り、青いビニールシートでまいたフィンベアーをしっかりと抱きしめていた。

車は雪道をものともせず、かなりの速度で下っていく。

横に座る熊本の態度は、相変わらずよそよそしいものであったが、初対面のときに比べてわずかながら角が取れたようにも思われた。人一人を撃ち殺したことで、互いの距離が縮まったというところか。何とも妙な成り行きだ。

車は林道を抜け、麓《ふもと》の集落を抜けていく。過疎の村であり、何度か限界集落としてテレビに取り上げられたこともある場所だ。医者も学校もなく、買い物をする店もない。週に二度、街のスーパーがトラックに食料品や雑貨を載せてやって来る。車の運転もままならぬ高齢者にとっては、それが生命線だった。

道路脇に立つ庭付きの家に人影はなく、夜が明けたというのに、生きものの姿を見かけない。人も動物も、皆、どこかに引きこもって身を縮めている。

「悪かったな」

熊本がふいにつぶやいた。

「何だって？」

「急に連れだすことになって」

「いや。謝るのなら、こっちの方だ。あいつの死体、どうしたんだ？」

「別の者たちが処理する手はずになっている。幸い、あの辺りは人気もない」

「しかし、どっかに埋めるってわけにもいくまい。雪に埋めても、春になったら出てくるぞ」

「そんなヘマはしない。車で運んで……そうだな、海に捨てるか、刻んでばらまくか。まあ、任せておけばいい」

そんな与太話《よたばなし》を真《ま》に受けていいものか。そもそも、この男たちはいったい何者なのだろう。石崎をわずか数時間で見つけだし、都心から遠く離れた山中にまで連れてきた。そのことだけを見ても、彼らがただ者ではないと判る。

当初は暴力団など、反社会集団の一つと考えていたが、どうやらそうとも言い切れない。狩猟を始めて五十年以上だ。血の臭いには、体が反応する。熊本の体からは、濃厚な血の臭いが立ち上る。

警察とも思えない。では、何なのか。

とめどなく流れる思考に飽《あ》きて、植草は薄く目を閉じた。

彼らが何者であるのか、自分がこれから何処《どこ》に連れていかれ、いったい誰を撃つことになるのか。そんなことは、もはやどうでもいい。

植草にとって、今噛みしめるべきは、石崎がもうこの世にいないということだった。

息子とは折り合いが悪かった。山間《やまあい》の生活になじめず、猟師という父親の仕事も理解できなかった。母親を早くに亡くしたことも、影響したのだろう。高校を出ると、すぐに、都会へと出ていった。便りもなく、生活は決して楽ではなかったはずだが、父親に頼ろうとはしなかった。そんな息子に、植草はかける言葉も思い浮かばなかった。

植草自身、自分の父親とは上手くいかなかった。猟師であった祖父から手ほどきを受け、二十《はた》歳《ち》前から山に入った。銃器所持許可も、銃器免許もすぐに取った。父親も母親も、いい顔はしなかった。彼らもまた、山での生活に疲れ果て、町での暮らしを求めていたのだ。父親は山の麓で農業をして暮らした。最後まで鉄砲は手にしなかった。

そんな父親を、若き植草は随分と軽蔑《けいべつ》したものだ。いつしか音信は減り、祖父の住む山間の小屋で暮らすようになった。

妻と出会ったのは、祖父が勝手に進めた見合いがきっかけだった。口数の少ない、それでいて、よく働く女だった。狩猟に対する拒否感はまったくないようで、獲物の解体もすすんでやってくれた。

妻がもう少し長く生きていてくれたら。

息子との関わりも随分と違ったものになっただろう。

山に入っているとき、植草は息子のことなど忘れていた。獲物に集中し、己《おのれ》の境遇、他人の思いなど気にもならなかった。

ある朝、猟から戻ると、留守番電話のランプが点滅していた。電話をかけてくるのは、害獣の駆除依頼くらいのものだが、それにしては季節が早すぎる。不審に思い再生ボタンを押すと、警察官の低い声が息子の死を告げた。

長らく音信が途絶していた息子だ。結婚して子供がいることすら知らなかった。

息子が死んだという実感はなく、折り返し電話をかけた植草は、うろたえるよりも前に尋ねていた。

「どうして、ここの番号を？」

警官が言うには、緊急連絡先の一つに入っていたらしい。番号を教えた覚えもないのに、どうやって知ったのだろうか。探偵でも雇《やと》ったのだろうか。

そんな疑問ばかりが渦を巻き、ついには警官の不審を招くことになった。

『あなた、本当に父親なんですか？』

石崎を殺したことで、俺は父親になれたのだろうか。父親らしいことと世間では言うが、では、父親らしいことというのは何なのだ。

息子がいなくなって何年もたってから、こんなことで思い悩むなんて。

「何がおかしい？」

熊本がきいてきた。知らず知らずのうちに、笑っていたらしい。

「いや」

植草は窓の外に目を向ける。温度差で曇っており、外の様子は何も見えない。ぼんやりと信号の色が見える。過疎の村も抜け、車は地方の田舎《いなか》町を抜けているようだった。

植草は言った。

「で？　いくらくれるんだ？」

熊本は一瞬きょとんとした後、どこか興《きよう》ざめしたような目でつぶやいた。

「前金で五百万。成功したら、もう一千万。支払いは現金だ」

「一つだけ、頼みがある」

「金額に関して、議論の余地はない」

「金じゃないんだ。孫だ」

「ん？」

「施設から孫を引き取りたい。その辺の手続き一切を頼みたいんだが」

「そんなことは、自分でやれ」

「まともに掛け合っても、俺のような者に孫を預けてはくれんだろう。あんたらは、あの石崎を連れてきた。素性を探るつもりはないが、そっちの方面にも顔が利くんじゃないのかい」

熊本は眉間に薄く縦皺《たてじわ》を刻んだ後、ため息をついた。

「妙な方向に知恵が回るんだな」

「孫がいる施設は、どうも質がよくない。いじめや虐待もあるらしい」

「今さら、家族の真似事《まねごと》か？」

「真似事じゃない。本当の家族だ。一つ屋根の下で暮らすのさ。なあ、頼むよ」

「あんたの気持ちも判らなくはないが、俺に決定権はない」

「じゃあ、決められるヤツに連絡してくれ」

「調子に乗るんじゃない」

植草はそっと横に置いた銃に触《ふ》れる。

「こいつには弾《たま》が入っている。獲物がなんであれ、引き金が引けることは、さっき証明したと思うが」

植草は続けた。

「それに、内容は知らんが、あんたらには俺の腕がいる。俺を殺すことはまだできんだろう？」

熊本は肩を揺すり、引き結んだ口元をわずかに緩めた。彼もまた、銃を持っている。ジャケットの膨《ふく》らみで判る。それでも、いざとなれば植草の方が早い。

熊本はどこか楽しげに、膝の上で両手を強く握りしめている。この状況下でも冷静……それどころか、己の危地を楽しんですらいる。この男、猟師になったら、大成したかもしれないな。植草はそんなことを思う。

「判ったよ」

熊本が言った。

「確約はできないが、掛け合ってみよう。施設の方は、何とかなるだろう」

車内の空気が緩む。

植草ははおったジャンパーの袖で、ウインドウの曇りを拭《ぬぐ》う。車は再び、山の中を走っていた。現在地が判るようなものは何もない。

「そろそろ、教えてくれ。オレは何処で誰を撃てばいいんだ？」

「撃つ相手の素性なんて知る必要はない。ただし、相当な手練《てだ》れだ。まともにやりあったら、やられると思え」

「素性はどうでもいいが、状況だけはしっかりと把握しておきたい。場所も重要だ。情報を貰わないと……」

「先は長い。目的地に着いたら、話してやる。だが、聞きたければ、場所くらい教えよう」

「聞かせてくれ」

「穂高だ」

六　名刺

その男は、雑踏《ざつとう》の中でもまれながら、泳ぐようにしてこちらに向かってきた。小太りで身長は低め、頭はやや薄くなりかけていて、何とも地味なグレーのスーツを着ていた。

元来、汗かきなのだろうか、真冬の時期だというのに、ハンカチを手に、テカテカと光る額の辺りを拭っている。

新宿歌舞伎町《しんじゆくかぶきちよう》近くにある、寂《さび》れた公園が待ち合わせ場所だった。人に聞かれたくない話をするには、何とも不適当な場所ではないかと指摘すると、相手はどこか間延びした緊張感のない声で、

「いやぁ、あの辺りは日本語が判らない人が多いですからねぇ。かえって好都合なのですよ。よしんば聞かれたとしても、向こうはそれと同等かそれ以上の秘密を持っている輩《やから》ですから、まあ、話が漏れる心配はないでしょう。人気のない場所でコソコソやる方が、かえって危ういものですよ」

と宣《のたま》ったものだ。

実際、指定された公園のベンチに座ること三十分。倉持の周りにたむろしているのは、すべて

が外国人だった。人種や交わされている言葉も多種多様だ。中国、タイ、ベトナムから、倉持がまったく知らない国の言語まで。新宿ど真ん中の公園にあって、今、一番肩身の狭い思いをしているのは、倉持だった。遊具の陰では、公然と薬物の取引が行われ、派手なコートを着た女が、これまた公然と男に声をかけている。

ひっきりなしに人が出入りする公園で、倉持に声をかけてくる者はいなかった。

日本人は蚊帳《かや》の外か。そりゃ、そうだよな。

居心地《いごこち》の悪さも手伝って、また腕時計を確認する。待ち合わせ時刻まであと一分。

寒さに身を縮め、手をこすり合わせているところに、その男がやって来たのだった。

男は倉持の前に立つと、「いやぁ」と意味の摑みきれない声を上げた。返答に窮《きゅう》している間に、倉持の隣に「よっこらしょ」と座る。

「倉持さんですねぇ。はじめまして」

電話で聞いた、あの間延びした声だった。

「ご連絡いただき、恐縮です」

いきなり頭を下げられ、倉持はますます言葉に窮する。

「念のため、名乗っておきますと、私、儀藤堅忍と申します。あなた、倉持さんでよろしかったですよね」

「はい、倉持です。電話でも言いましたが、植村真弓さんから、名刺を借りました」

儀藤は目をショボショボさせながら、「植村さんですか」とつぶやいた。

「彼女が名刺を託すくらいですから、よほどのことかと思い、こうしてやって来ました。それでそのぅ、用件というのは……」

「深江が消えました」

儀藤はまた目をしょぼつかせ、「深江さんがねぇ」とつぶやく。

「電話でも言いましたが、四日前を最後に姿を見ていません。連絡もありません」

「ほぅ……」

儀藤は人差し指で顎の先をポリポリと掻《か》いた。

「そうですか」

そのまま、押し黙ってしまう。

倉持は緊張を解き、沈黙につき合うこととした。儀藤のこの態度は、おそらくすべて計算尽くのものだ。相手を油断させ、煙《けむ》に巻き、混乱させ、時には怒らせ、散々翻弄《ほんろう》した挙《あ》げ句《く》、欲しいものを手に入れる——。

儀藤なる男が何者なのか、倉持が知るよしもないが、こちらはこちらのやり方でやらせてもらうことにしよう。

きっかり一分たった時、儀藤が口を開いた。

「深江さんから、私のことは？」

倉持は首を振る。

「でも、真弓さんのことは聞いていていらした」

「ええ」

「なるほどねぇ」

同じことを考えているのだろう。深江がわざわざ、真弓のことを話した意図を。

儀藤の表情がほんのわずかだが、引き締まったように見えた。

倉持はきいた。

「あんた、何者なんです？」

儀藤はいったん引き締めた顔を、再び弛緩させた。

「死神なんて呼ばれています。私自身、そんなつもりはないのですが、職場の仲間は皆、そう呼んでいます」

「職場……。深江と繋《つな》がりがあるところを見ると、軍属いや、警察関係、公安かな？」

「警視庁の方から来た。そういうことにさせて下さい」

「あんたの身元なんて、実のところどうでもいいんだ。オレは深江を捜したい。力を貸してくれないか」

儀藤は目を細め、首をわずかに傾《かし》げてみせた。

「あなたのような人とは、どうにもやりにくいですねぇ。何やら、自分と似た空気を感じてしまって」

倉持は再び沈黙する。沈黙は千金を生む。声高《こわだか》に語り合う外国人の中で、二人の日本人が黙《もく》したまま、並んで座っている。まったくもって、妙な成り行きだった。

口を開いたのは、今度も儀藤の方だった。

「実を言うと、深江さんが失踪したことについては、既に把握していました」

「やっぱりね」

「その原因となった出来事についても、把握済みです。ただ、申し訳ないのですが、現時点であなたにお教えすることはできません」

「やっぱりね」

「あなたは今、微妙な立場にあります。このまま大人しくしていれば、あなたの身に何事も起きることはない」

「たまに車に連れこまれ、慇懃無礼《いんぎんぶれい》な男に恫喝《どうかつ》されるくらい……か」

「ただし、深江さんと会うことは、もう二度とないでしょう」

「大人しくしていなかったら、どうなる」

「慇懃無礼な男がやって来て、あなたを連れ去るでしょう。今度は、恫喝だけでは済まないでしょう」

「厄介《やっかい》だな」

「ええ、厄介です」

儀藤は本当に困っているようだった。

「厄介ですよ。深江さんも、あなたも」

「厄介事は友達のようなものでね。いつも、少し離れたところに座って、ずっとオレを見ているんだ」

「深江さんについて、私には責任があるのですよ。様々な面倒事から解放すると、約束した手前ね」

「そこまで言うのなら聞かせてくれ。どう、責任を取る？」

「立場上、表だって動けないのです。下手に動けば、かえって事態を悪くする」

「責任が聞いてあきれるね」

「途方に暮れていたんですよ。あなたが連絡をくれるまでは」

「そんなに俺を頼らないでくれよ。俺もあんたに期待していたんだから」

「深江さんの行き先に心当たりは？」

「あったらあんたに連絡なんかしない」

「そう言いながらも、何か当てはあるんでしょう？」

「真弓さんの言い方を借りれば、あんたは国側の人間だろう。それが俺みたいな便利屋に情報を求めている。情けなくないのかい？」

「恥ずかしいとか、そういうものはとっくに捨てましてね。おかげで、毎日が楽に過ごせていますし」

「俺もあんたみたいなダメ人間になりたいよ」

「それで？　当てはあるんでしょう？」

「ある。俺の思惑《おもわく》通りなら、そろそろ連絡があるはずだ」

「それは、楽しみです」

儀藤は口を閉じた。今度の沈黙は一分ではすまなかった。周囲の喧噪《けんそう》が増すなか、二人は並んで、ただじっと座っていた。

「儀藤さん、いつまでこうしているんだ？」

「あなたの思惑を信じているんです」

「俺を信じるヤツは大抵、酷い目に遭うんだがな」

「私は平気ですよ。毎日、酷い目に遭っていますから」

「マイナスとマイナスでプラス。いいことが起きるかもな」

倉持の携帯が震えた。砂本からだった。

「そろそろだと思っていた」

砂本の声はいつものように、事務的だった。いいニュースも悪いニュースも、同じ口調で伝えられる。砂本の特技の一つだ。

「マイのいた施設を突き止めた」

「いた？　過去形ってことは……」

「亡くなったとのことだ。詳しいことまでは調べられなかったが、もともと重度の薬物依存で、肉体的、精神的にも難しい状態だったらしい。先月、発作を起こして入院、二日後に息を引き取ったそうだ」

「マイの緊急連絡先は？」

「そこまではさすがに無理だった」

「入所の費用を払っていたのは？」

「同じく、ダメだった。判ったのは施設の名とマイが死んでいるってことだけ」

倉持は眠っているようにぐんにゃりと背を丸めている儀藤を見ながら言った。

「いや、それだけ調べてもらえれば、十分だ。あとはこちらでやる」

「すまんな」

「いま、ちょいと取りこみ中でね。例の支払いは、これが片付いてからで」

「了解」

倉持の口調の中に、何かを感じ取ったのだろう。砂本はそれ以上、何も言わず通話を切った。

これだから、つき合いの長いヤツは苦手だ。心の内をすべて見透《みす》かされる。

「体で払うってことですか？」

ふいに儀藤がつぶやいた。

「何だって？」

「例の支払いってヤツですよ」

「どうでもいいことまで、聞いてんだな」

「仕事上、耳はいいんです」

「嫌だ、嫌だ」

「ところで、あなたはマイさんのことをどこまで？」

「詳しいことは知らない。去年の秋、深江と知り合うきっかけになった事件があって……」

「天狗岳ですね」

「詳しいのかい？」

「ええ。詳しいと言えば、詳しいですねぇ」

倉持は苦笑する。

「あんた、深江とはかなり深いつき合いなんだな」

儀藤は曖昧《あいまい》に笑う。

「それは、どうでしょうねぇ」

「事件の真っ最中、明日はどうなるかって時、深江はそのマイって女に会いに行った。昔の女なのかなと思っていたが、深江のキャラにはどうも合わない。だが、いずれにせよ、大事に思っている女性だったんだろう。そのマイが死んだ。しかし……」

倉持は儀藤に向き直る。

「あんた、何も知らなかったのか？　深江の失踪をいち早く摑んでいたあんたが」

「マイについては、一切、干渉しない。それが深江さんとの約束ですから」

「それを守っていたと？」

「ええ」

「律儀《りちぎ》だなぁ」

「信頼も保証もない私の仕事ですが、一つくらいは律儀に守らないといけないことがあるものです」

「深江の場合、マイのことだったと」

「私はそう判断しました」

「やっぱり、あんたは律儀者だよ」

「そうなんでしょうか。となると、この仕事にはあまり向かないことになりますねぇ」

「何なら、便利屋になるかい？　俺たちと一緒に」

「それは、止めておきましょう」

「即答だな。傷つくね」

「電球が替えられないんですよ」

「へ？」

「肩がね、上に上がらない。加齢なんですかねぇ、四十肩ってヤツです」

「それと便利屋と何の関係が？」

「便利屋って、人様の家に行って、電球替えたりするのでしょう？　私にはできません」

「偏見に満ち満ちた認識だな。たしかに、電球替えたりもするけどさ、ほかにもいろいろ……」

倉持は言葉を切った。儀藤との会話が楽しくなっていた。だがいまは、こんなところで気楽に語り合っている場合ではない。

「あいにく、俺はあんたほど律儀者じゃない。それに今は緊急事態でもある。マイについて、調べてもらえないだろうか」

意外にも答えは早かった。

「判りました。その程度でしたら、協力させていただきます。一時間ほどいただけますか？」

「一時間？　それだけでいいのか？」

「緊急事態と言ったのはあなたですよ。急がないと」

「そ、それはそうだけど」

「車はお持ちですか？」

「いや、そんな甲斐性《かいしょう》はないものでね」

「レンタカーでかまいません。用意しておいて下さい。一時間後に連絡します」

儀藤はゆらりと立ち上がると、来たときと同様、人混みを泳ぐように進んでいく。

つかみどころのない男は、つかみどころがないままに、倉持の前から去っていった。


心地よい揺れに誘われ、植草は浅い眠りに落ちた。

車の揺れで目を開いたとき、瞼《まぶた》の裏に息子の姿があった。夢を見ていたようだ。どのような夢だったのかは、思いだせない。

普段、夢を見ることなどほとんどない。平静を装《よそお》っていても、心の内は波だっているのかもしれない。石崎を仕留め、息子への手向《たむ》けが果たせたせいもあるだろう。

隣に座る熊本は、腕を組んだまま目を閉じていた。眠ってはいない。力の入った両肩の動きから、緊張が手に取るように判った。

今もって、彼らの素性は判らない。ただのチンピラ風情《ふぜい》でないことは確かだが……。

車はこの二十分ほど、山の中をひた走っていた。目印になるようなものは何もない。ただ鬱蒼《うつそう》と木々に覆《おお》われた斜面が続く。

自宅を出て、五時間近くがたとうとしている。休憩は一度もなし。全身が凝《こ》り固まり、腰が悲鳴を上げ始めていた。

ふいに視界が開けた。曇ったガラスを肘で拭う。森を切り開いて作ったのであろう、不自然に開けた場所だった。直径数十メートルにわたって土がむきだしとなり、その表面は人の手によって綺麗《きれい》にならされている。

その理由は整地された円の中心部にあった。ヘリだ。全長は一五メートルを少し越えるくらいだろう。ローターブレードは四枚で、全体は薄いブルーで塗装されている。最前部にあるコクピットには、既にパイロットが乗りこみ、こちらの方を見つめていた。

熊本が得意げに言った。

「ベル412ＥＰ。山梨《やまなし》県警の航空隊で使われているものと同型だ。急遽《きゅうきょ》、用意した」

ヘリ一機を、「急遽」用意できるものなのだろうか。

植草が訝《いぶか》っていると、ヘリのローターが回転を始めた。

車は風の影響を受けぬよう、二〇メートルほど手前で停止した。熊本がドアを開け、外に出る。植草も反対側のドアから出る。空気はひんやりとしていたが、自宅近辺の寒さと比べれば、春のようなものだ。防寒着のおかげで、寒さは毛ほども感じない。

ヘリのたてる風が、厳《きび》しく頬を打った。車を挟《はさ》んだ向こう側から熊本が何か言っているが、ヘリの轟音《ごうおん》で何も聞こえない。

苛立たしげに首を振ると、熊本はこちら側に駆けてきた。

「あれに乗る」

「あんたも行くのか」

「ああ」

「ここは、どこだ？」

「知る必要はない」

「行き先は、穂高って言ったよな」

「ああ」

「穂高って、あの穂高か？」

「北アルプスの穂高だよ。ほかにどこがある」

「そんなところで、いったい誰を撃つんだ？」

「行けば判る」

熊本はヘリを指さす。出発準備は整ったようだ。

「あれで穂高岳山荘まで行く」

植草自身、猟はやるが山登りはしない。数限りない山々を踏破《とうは》してきたが、山頂を踏むために歩いたことは一度もない。

当然、人が好んで登る山にも行ったことはなかった。植草にとって、そうした場所は観光地と同義だった。

それでも、穂高の名前は聞いたことがある。槍ヶ岳《やりがたけ》と並ぶ、勇壮な光景を写真で見た記憶もあった。

「どのくらいの高さがあるんだ？」

「約三一〇〇メートル」

「気温は？」

「氷点下十度くらいだろう」

「ふむ」

植草は両手で持った愛用の銃に目を落とした。

「あんたらも無茶が過ぎる。そんな場所でぶっつけ本番をさせるなんて……」

「無茶は承知だ」

熊本が、初めて焦燥感を露《あら》わにした。

そもそも、植草に「人を撃て」とやぶから棒に依頼してくるほどだ。状況が逼迫《ひっぱく》しているのは、判っていた。

熊本は挑《いど》むような目でこちらを見る。

「それだけのものは払うと、言ってるだろう？」

植草は銃を抱えた。熊本の横を抜け、ヘリへと向かう。

ダウンジャケットを羽織《はお》った男が、ヘリのドアの前にいた。腰をかがめ、強風にあらがっている。指で中へ入れと指示した。

ヘリの中は思っていたより遥かに広かった。座席数から見て、十人、いやそれ以上乗れるだろう。とはいえ、天井は低く、中腰になったまま、手近のシートに尻を落ち着けた。

熊本が仏頂面のまま乗りこんできた。もう一人の男に労《ねぎら》いの言葉もかけない。

ダウンジャケットの男が、ひらりと機内に入ると、スライド式のドアを閉めた。風は収まったが、轟音と振動は大して変わらない。

熊本は通路を進み、植草に背を向けて座った。ダウンの男は右後ろに座る。監視の役目もかねているのだろう。首は太く、さっきからの身のこなしを見ていても、巨体のわりに俊敏だ。格闘技か何かをやっているに違いない。

こんな年寄り一人を相手に大げさな。

植草は硬いシートに座り直し、シートベルトを締めた。

何の前触れもなく、ぎゅっと全身に圧力を感じた。足下を優しくすくわれたような、ふわりとした心地よいとは言いがたい浮遊感が続く。

ヘリが飛び立ったのだ。

窓はすべて覆いがかけられ、外を見ることはできない。

機内にはパイロットを入れて四人だけ。荷物なども何もなく、ガランとした印象だ。機内は寒く、ふと見ると熊本は薄い毛布にくるまっていた。

植草は振動に身を委《ゆだ》ねる。自分が空を飛んでいる。飛行機も含め、こうした乗り物に乗ったのは生まれて初めてだった。ここ最近はたまに車に乗る程度で、電車にも滅多《めった》に乗らない日々だ。足が地についていないというのは、何ともこそばゆい心持ちだ。両足をもじもじさせながら、知らず知らずのうちに、にやついていた。

視線を感じ振り返ると、ダウンジャケットの男が、こちらを薄気味悪そうに見つめていた。

体が軽い。瞼の裏にこびりついていた、息子の面影が綺麗になくなっていた。

修復不能なほどにこじれた親子関係であり、もはや愛情などという単純な感情は無くしてしまっていたが、それでも、彼の死に対する罪の意識は消えることがなかった。猟に出ていても、眠りの中にあっても、彼の姿は心のどこかにぼんやりとした存在を放っていた。

それが消えている。

石崎を片付けたせいだろうか。

植草は深くため息をついた。

こんなことなら、もっと早く殺しておくんだった。

また不快な浮遊感がやってきた。耳の奥が一瞬、つんとなった。

ヘリが高度を下げ始めたようだ。

心が浮き立ち、あれこれ考えていたため、飛び立ってどのくらいたったのか、よく判らない。

このときになって、愛用の腕時計を小屋に忘れてきたことに気がついた。

山にいるとき、植草は腕時計などほとんど見ない。体に染みついた感覚が、時を知らせてくれるからだ。猟の最中に時を忘れるのは危険だ。山深く獲物を追い、帰路の途中で日の入りを迎えてしまっては、命に関わるからだ。

あと一歩と判っていても、逸る心を押しとどめ、猟を仕舞う。そんなとき、植草は腕時計を見て、自身の心を冷ますのだった。

そんな感覚も、ヘリの中ではまったく機能しない。機内に時計はなく、ダウンジャケットの男にきいたところで、教えてくれるはずもない。

あきらめて、またシートに座り直す。あれこれ考えても始まらない。なるようになる。その瞬間に、どう自分が行動するか。行動できるか。それがすべてだ。

植草は冷たくなった銃を握り締める。

七　施設

晴海埠頭《ふとう》を望む駐車場に、倉持はレンタカーを駐めた。目立たぬよう白のスズキ・スイフトを選んだが、周囲にはまったく人気がない。三方は金網に囲まれた広大な空き地、一方は晴海通りへと通じる二車線道路だが、駐車場以外、周囲に何もないものだから、わざわざ入ってくる者もいない。一等地の中のエアポケットのような場所だった。月島から勝どき、晴海一帯を縄張りとする倉持でさえ、こんな場所があることに気づいていなかった。

「こんな場所、よく知ってるよなぁ」

ここで待つよう指示したのは、儀藤だった。

豊洲《とよす》から築地界隈の開発は急ピッチで進んでいるようだが、この辺りはまだ大して動いていない。勝どき周辺のタワーマンションの煌《きら》めく光を見上げつつ、あの夏、この近くの公園で鉄パイプを持った男たちに襲われたことを思いだす。ヤツら、今頃どうしているんだろうなぁ。少しはまともになってんのかなぁ。

ヘッドライトが近づいてきた。倉持はシートに身を沈め、気配を隠す。

ヘッドライトは黒のワンボックスのものだった。黒の日産《にっさん》キャラバン。かなりのスピードでやってきた車は、すっとなめらかな動きで倉持の車と平行に停車する。二台の間隔はギリギリ、十数センチといったところか。

キャラバンのスライドドアが開き、暗い車内から儀藤がひょいと顔をのぞかせる。運転席は暗闇の中であり、ドライバーの顔は見えない。

「お待たせしました。こっちに来ていただけますか」

そう言われて、倉持はとまどう。二台の間隔が狭すぎて、運転席のドアが開かないのだ。

儀藤はかまわず、こっちに来いと手招きする。

窓か……。

倉持は後部の窓を開けると、エンジンを切り、自らも後部シートに移った。

アスレチックかよ。

窓から何とか上半身をだし、目の前にあるワンボックスの窓枠を摑む。何とか体を引っ張りだし、足を儀藤の座るシートの端に置いた。

乗り移り成功だ。たしかにこうすれば、身をさらさなくて済む。人気はない半面、見通しはいい。どれだけ警戒しても、警戒しすぎることはない——のだろう。儀藤たちの立場としては。

後部シートは向かい合う形に改造されていた。儀藤の隣にもう一人、細身の男性がいる。膝に両手を置き、顔を伏せたままである。体に力が入っていて、緊張の極《きわみ》にあることを示している。

この人は？　と目で儀藤に尋ねる。

「新野卓《にいのすぐる》さん。例の施設の職員です」

倉持はあらためて儀藤を見た。

一時間だ。たった一時間で東北にある施設の従業員の身元を突き止め、東京まで連れてきた。いったいどうすれば、そんな芸当ができるのだろう。移動自体はヘリでも使えば、不可能ではないのだろうが。

儀藤は倉持の驚きを見透《みす》かしたように、薄い唇を緩ませる。猫がニンマリと笑っている様子にどこか共通するものがあった。

「まあ、この手のことは、私どもの得意とするところでして。さて、新野さん、そんなに硬くならなくても大丈夫です。こちらの質問に答えていただければ、とって食ったりしませんから」

新野がビクリと両肩を震わせた。儀藤は一人、笑う。

「ああ、今の言い方だと、もし答えなかった場合はとって食うみたいに聞こえますねぇ。そういう趣味は私にはありませんが、まあ、ここは海も近いですから――」

新野は声を殺して泣き始めた。

もしかして、これは「いい警官、悪い警官」の演出なのだろうか。儀藤が悪い警官役で新野を脅す。そこに、いい警官役の倉持が……。

「そんなに怯《おび》えなくていい」

倉持は言った。「今のは冗談だ。質問に答えてくれれば、すぐに帰れる」

倉持は横目で儀藤を睨《にら》んだ。いい警官役は苦手なのに。

「新野さん、我々がききたいのは、あなたの施設に入所していたマイという女性についてだ。先日、亡くなったと聞いたが」

新野は頭全体でうなずいてみせる。涙に続いて、鼻水も垂れてきた。倉持は仕方なく、ハンカチを渡してやる。ビビッと鼻をかむ音を聞きながら、うんざりとした気分になった。

新野が差しだしたハンカチを指でつまみつつ、倉持はきいた。

「マイを何度か男が訪ねてきたはずだ。その男について、聞かせて欲しい」

新野は目を伏せたまま、無言である。倉持が身を乗りだそうとしたとき、儀藤の手がそれを静かに止めた。

「新野さん、ここまで来たんです。もう腹をくくってくださいよ。今回の件で、あなた個人にご迷惑はおかけしません。それなりのお礼もすると言ったじゃないですか。施設に勤めて何年になります？　お世辞《せじ》にも給料は高くない。このまま勤め続けていても、人生、じり貧《ひん》じゃないですか。我々が提示しただけの金があれば、生活を立て直すきっかけになるんじゃありませんかねえ」

新野はねちっこく迫る儀藤の言葉に、びっしょりと汗をかいていた。今度は倉持もハンカチを貸す気はない。額の汗を、シャツの袖で拭うしかなかった。

新野は小刻《こきざ》みに震えながら言う。

「しかし、これは個人情報の漏洩《ろうえい》です。それに、あなたがたは警察の関係者だと言うが、本物だという保証はない」

「身分証を見せたでしょう？」

「偽物かもしれないでしょう。第一、警察が職場から無理矢理連れだして、ヘリに押しこむなんて、そんな真似《まね》……」

「新野さぁん」

儀藤が声の粘度を増しつつ、右手を相手の肩にかけながら言った。

「あなたねぇ、ここまで来てその言い分はないんじゃないかなぁ。私の話を聞いたとき、あんた、ずいぶん、乗り気だったじゃないの。わずか一時間でその心変わりってのはどうなんでしょうかねぇ」

「い、いや、ぼ、ボクは……」

「礼金をつり上げようなんてこと、考えても無駄ですからねぇ。さっきの話、冗談とかじゃないんだよ。ほら、海が近いって話。きれいごと並べてごねないで下さいよ」

儀藤は胸にさしていたボールペンを取り、キャップの先を新野の膝に押しつけた。先端は丸いが、場所を選べば激痛を相手に与えられる。しかも、傷跡はほとんど残らない。

新野は顔を顰《しか》め、足を動かそうとした。だが、儀藤の腕が体を固定しているため、身動きができない。その間も、ペンの先は容赦なく、新野の膝をせめたてた。

「ねえ、新野さん、うちではね、これを火箸《ひばし》でやるの。熱いヤツを突き刺してね、まあそこで大抵は言うことをきく。それでもダメなら、そこに電気流すんですよ。ほら、映画とかでもよくやってるでしょ。何なら、これから行こうか。わりと近いんだ。桜田門《さくらだもん》」

新野は再び泣いていた。倉持は仕方なく、またハンカチを貸した。

五分後、彼は一人でペラペラと喋《しゃべ》っていた。

一年に一度くらいのペースで深江が見舞いに来ていたこと。マイの症状は重く、深江を認識するには至らなかったこと。昨年末より容態が悪化し入院――。

「主治医の方からもう難しいと報告を受けて……」

新野はペンを押しつけられた膝をさすり続けながら、低い声で語り続けた。

倉持は言った。

「その際、深江に連絡したんだね？」

「連絡先として指定されていたのは、深江さんだけでしたから」

「深江が見舞いに訪れたとき、何かなかったか？」

新野の目が泳ぐ。何かあったのは、一目瞭然《いちもくりょうぜん》だった。倉持は相手が口を開くのを、無言のまま待った。彼のすぐ隣では、儀藤が例のペンを指先で器用にクルクル回している。

「新野さん？」

倉持の一声を受け、ようやく観念したようだった。

「彼女の意識が一時的ですが、戻ったんです」

「深江がいるときに？」

「ええ。ボクも立ち会っていました。彼女が深江さんのことを認識できていたとは思えません。恐らく、誰かほかの人間と勘違《かんちが》いしていたのだと思います。それでも彼女は深江さんの手を取って、言いました」

そこで新野は言葉を切る。芝居《しばい》がかったことをする。倉持は辟易《へきえき》しながら、続きを待った。

「自分が死んだら、どこかに骨をまいて欲しい。あなたが一番好きな場所に。彼女はそういいました」

倉持は儀藤と目を合わせた。

深江の居所が、ようやく見えてきた。


ハーネスをつけ、そこにホイストのロープを固定する。この歳になって、ヘリから降下するはめになるとは。銃を渡せと再三、熊本に言われたが、植草は拒否した。今となっては、気を許せるのは長年共にいた銃よりほかない。なるべく側《そば》に置いておきたかった。

準備ができたと示すため小さくうなずくと、すぐにスライドドアが開く。見えない壁が正面からぶつかってきたようだった。空気は冷たい被膜《ひまく》となって鼻や口に張りついて、呼吸を妨《さまた》げる。思わず顔を背《そむ》け、鼻と口を両手で覆《おお》う。手は手袋とオーバーミトンで覆われ、満足にものを摑むことすらできない。まして、植草は銃を抱えている。結局、ゼエゼエとだらしなく嘔吐《えず》くよりほかになかった。

熊本が遠慮なく背中を押してきた。身をかがめながら、所定の位置へと進む。頭上では轟音をたてて回るヘリのローターがあった。まるで目の前で回っているように思える。一方、足下には、遥かな雪景色が広がっていた。降り立つ目標は岩稜《がんりょう》の中、わずかに開《ひら》けた平らなスペースである。氷とともに張りついた雪が、ヘリの風で剝《は》がされていく。白く舞い散るそれは、まるで波濤《はとう》のようだ。

植草が一歩踏みだすと、ゆっくりとロープが下降していく。横殴りの風がロープ全体を左右に揺らす。ハーネスで固定されているとはいえ、高度感もあり、恐怖が募《つの》る。せめてもの救いは、周囲が薄いガスに覆われていることだ。むきだしの頬が強《こわ》ばり、目を開けていることも困難だった。

それでも、浮遊していた時間は数秒だったろう。両足に着地の衝撃が走る。左右からサングラスをかけた男二人が現れ、固定されたロープを解《ほど》いてくれた。中肉中背、これといった特徴のない男たちだった。ただ、二人とも驚くほど顔立ちが似ていた。恐らく兄弟、双子かもしれない。だらしなく尻餅《しりもち》をついた植草を助け起こすこともせず、二人は頭上のヘリを見上げている。

介助を諦《あきら》め、自力で立ち上がろうとするが、足腰が言うことをきかない。這うようにして、多少、風当たりがましな岩陰へと入りこんだ。

やっとのことで身を起こし、ヘリの真下に目を移すと、ダウンジャケットの男が着地したところだった。少し間を置いて、熊本が降り立つ。白の防寒着を羽織《はお》り、手慣れた様子でロープを外す。上空のヘリを見上げると、大きく手を上げ腕で○《まる》を描いてみせた。

ロープの回収が終わると、ドアが閉まり、ヘリは機首をやや上方に向ける。

ヘリは機体を右に傾け、まるで名残でも惜しむかのようにしばらくその場を旋回すると、今度は驚くほどのスピードでガスの向こうへと消えていった。バラバラというヘリ特有の音はその後もしばらく聞こえていたが、風も収まり、まもなく、すべてはヒューヒューと吹きつける山の風音にかき消されてしまった。

静寂とともに、植草も我を取り戻した。

自分が着地した場所がどこなのか、それにすら気が回らなかった。

立ち上がり、周囲を見回す。

荒涼とした岩稜帯の上にいた。黒光りする岩々は凍りつき、ところどころに雪がへばりついている。雪が降っても風で吹き飛ばされ、積もらないのだ。

ガスが西から東へゆっくりと流れていく。まもなく、眼前に黒く巨大なものが見えてきた。

山小屋だ。丸太を横に組み上げた美しい外観をしている。木々の表面が風雪に洗われ、どこか赤みを帯びているようにも見える。窓には太い桟《さん》が縦横に走り、小屋全体に強固なイメージを与えていた。なだらかに傾斜した赤い屋根の上には、どっしりとした雪が、軒からはつららが何本も下がっている。

そして何より植草を驚かせたのは、一階部分がほとんど雪に埋まっていたことだ。一瞬、平屋かと思ったが、実のところ、がっしりとした二階建てなのであった。冬季は閉鎖されているので、正面の玄関扉などは、施錠され、板が打ちつけてあった。

熊本が三人の男を従えて、後ろからやって来た。熊本もダウンジャケットの男もサングラスをかけている。

熊本がメガネケースをさしだした。

「かけておけ。雪に目をやられる」

植草は首を振った。

「いらんよ、そんなもん」

「三〇〇〇メートルの日差しをなめるな。見えなくなるぞ」

そう言われしぶしぶ受け取ったが、すぐにかける気にはなれなかった。ケースごとポケットにしまう。

熊本は気分を害した様子もなく、山小屋を見上げながら言った。

「当初はもっと雪が深かった。一日がかりで掘りだしたんだよ」

よく見れば、一段高くなったところに小屋らしきものがもう一棟ある。石垣でかさ上げしてあるので、三階分くらいの高さがある。

「あれが冬季開放小屋だ」

熊本が指をさして言った。

「冬季は小屋の営業もない。ただ、登山者のため、ああやって小屋を開放しておくんだ。むろん無人だし、水や食料なんかは、自前で用意しなくちゃならないがな」

石垣にかけられたはしごを登り、小屋の入り口へとたどり着く。出入口のドア横にはスコップが二本、たてかけてあった。

熊本が後ろの三人を振り返りながら言った。

「ここも雪に埋もれていた。ドアも凍りついていて、とにかく、難渋《なんじゅう》した」

三人が苦笑しながら、顔を見合わせている。

熊本がドアを軽くノックし、開けた。

ムッとした暖気が押し寄せてきた。入り混じった体臭や食料を煮炊きした臭い、その他様々なものが暖気と共に吹きだしてくる。

中は思っていたより広く、手前には靴を脱いで上がれる座敷のようなスペース、奥には二段式になった、いわゆる蚕棚《かいこだな》が設《もう》けられていた。

二つある蚕棚の下段には、それぞれ男が二人いた。植草が来ることは事前に聞いていたのだろう、驚いた様子もなく、かといって挨拶をするほどの愛想もなく、ただ、こちらをちらりと見ただけであった。右側の棚にいる男は、立派なあご鬚《ひげ》をはやし、見るからに山男といった風情である。一方、左側の男はまだ若く、細身で色も白かった。彼はガスコンロにアルミ製の鍋をかけていた。軍手をはめた左手で把手《とって》を持ち、右手のスプーンで鍋の中にある雪の塊をつついている。

熊本が言った。

「雪を溶かして、水を作っている。これだけの人数だ。いくらあっても足りなくなる」

「そろそろ交代して欲しいんですがね」

若者のつぶやきに応《こた》える者はいなかった。

熊本は座敷スペースに腰を落ち着け、靴を脱いだ。座敷にはザックが三つ放りだしてあり、シュラフや防寒着が雑然と置かれていた。

今のところ、小屋にいるのは植草を入れて七人。荷物の量などからみて、まだ他にも数人いそうな気配だが……。

熊本が座敷の床を叩《たた》き、言った。

「適当に座ってくれ。一服してくれて構わない」

ヘリで一気に三〇〇〇メートルの酷寒《こっかん》の地へ。気圧のせいなのか、急激な気温低下のせいか、耳とこめかみのあたりが痛んだ。

熊本が蚕棚の鬚面に尋ねた。

「何か動きは？」

「いや。ガスが薄くなったんで、様子をうかがってみたが、風以外は静かなもんだ」

「くれぐれも油断するな。下手に動けば返り討ちに遭う。武器を取られたら厄介だ」

「そんなにすごいんですか？　あいつ」

若い男が雪をつつきながら、口を開いた。戸口にいたダウンジャケットの男が声を荒らげる。

「テメエ、あいつの動きを見て、判らないのか。あの野郎は、俺たちの攻撃を苦もなくかわして、身を隠しちまったんだぞ」

「そりゃあ、こっちだって、いきなりだったから……」

「そんなこと言い訳になるか。全員、やられちまわなかっただけでも、奇跡さ」

「そんなもんすかねぇ」

植草は熊本の横に腰を下ろす。

「いま話に出ているヤツかい、俺が撃つ相手は」

熊本はうなずく。

「話を聞いていると、それなりの心得がありそうだな。警官、いや、自衛隊崩れか？」

「いい勘《かん》だ」

かつて自衛隊にいたという猟師と会ったことがある。体は引き締まり、山道をどれだけ駆けてもへばることがない。素質は十分に思えたが、精神面が弱かった。一つ場所にじっとしていられない。しばらく獲物の姿がないと、すぐに移動してしまう。獲物の姿を見ると、後先も見ず発砲する。数年後に聞いた噂では、雪崩《なだれ》に巻きこまれ死んだらしい。

植草は言う。

「だが相手は丸腰なんだろう？」

「多分な」

「あんたらは？」

小屋の中をぐるり見回すが、武器らしきものは見当たらない。

「まさか、あんたらも丸腰ってことはないよな」

熊本がわずかに顎を引いたのを合図として、鬚面とダウンジャケットの二人が、棚下に納めていた黒い袋を引っ張りだした。ジッパーを開くと、中には銃が入っている。色も雑然と詰めこまれている。フィンベアーを使い続けてきた植草に、銃の知識は乏しい。まして、最新鋭の戦場で使う銃など、本物とモデルガンの区別もつかない。

「こんなものを、昼日中《ひるひなか》にぶっ放していたのかね」

若い男が小馬鹿にした口調で言う。

「昼だろうが夜だろうが、ここには俺たちしかいないだろう」

「山のことはよく判らないが、ほかに登山客はいないのかい？」

「この時期はほとんどいない。まあ念のため、林道の入り口にも仲間を立たせてある。もちろん、道路工事に見えるような制服を着せてな」

「ずいぶんと、大がかりなものなんだねぇ」

林道入り口に二人として、ここに六人。元はもっといたのかもしれない。

熊本は言った。

「ここに詰めて三日、林道を上がってくるヤツは数人だ。雪崩で入れないと言うと、ほとんど引き返していく」

植草は小屋の暖気で体がほぐれてきたのを確認しつつ、腰を上げた。

「さて、ここまで来たんだから、早く片付けて戻るとしよう。あんたらは獲物を仕留め損ねて逃がした。ただし、挟《はさ》み撃ちにしているから、山から逃がしてはいない。まだこの辺りのどこかに潜《ひそ》んでいると」

熊本は顰《しか》め面のままうなずいた。

「まあ、そういうことだ。相手は銃器や戦術のスペシャリスト。サバイバル術にも長《た》けている。格闘も含めた戦闘力はあなどれないレベルだ。一対一で挑むのは自殺行為だ」

「岩稜続きで足跡は残らないだろうし、いったん見失ったらやっかいだな。尾根を外したどっかの斜面に入りこまれたら、いくらでも身を隠せる」

「そうは言ってもこれだけの寒さだ。耐えるにも限界がある」

「装備は一通り持っているんだろう？」

「ああ。だが、テントを張れるような場所はない。それに、そんなものをだしたら、嫌でも目立つ」

「もうとっくに死んでるってことはないのか？　低体温症とかで」

「それならそれで、死体を確認する必要がある」

植草は気乗りしなくなっていた。酷寒の山の中で、大勢に追われ、寒さに苛《さいな》まれる男を、それも丸腰の男を撃つなんて。

「そこまでして、始末しなくちゃならん、男なのかい？」

熊本の目が暗く沈んだ。

「あんたには関係のないことだ」

「はいはい」

ふいに義理の娘と孫の顔が、おぼろげに浮かぶ。俺には関係ないことだわな。

植草は銃を取り、出入口へと向かう。

熊本が背後で立ち上がった。

「どこに行く？」

「そこら辺を見たくてね。出たらいきなりバン！　なんてこと、ないんだろう？」

「ああ。だがアイゼンはつけろ。それと、サングラス」

ダウンジャケットの男が、気《け》だるそうに起き上がると、ビニールにくるまれていた十二本歯のアイゼンをだし、むっとした表情のまま植草に差しだした。

「すまんね」

手袋をはめアイゼンを受け取ると、ゆっくりと扉を開いた。無数の針が顔めがけて飛んできたようだった。肌をさらしているところが、チクチクと激しく痛む。猛烈な風は目を開けていられないほどで、ふだん、少々のことでは怯《ひる》むことのない植草が、思わず手で庇《ひさし》を作り、顔をそむけていた。

「寒いだろ、バカ。早く閉めろ」

壁際から男の声が飛んできた。風のせいで、一度開いた扉はなかなか閉まってくれない。手袋のせいでドアノブに力がうまく伝わらない。結局、仏頂面をした熊本が中から押してくれた。

ギリッと氷の砕ける音がして、扉が閉ざされる。

小屋の南側は、奥穂高へと続く岩壁だ。黒く険しい岩肌が巨大な影のようになって、植草を威圧する。ピークを望むことはできないが、灰色の巨大な岩壁がすさまじい迫力でそびえている。目を転じれば、すぐそばにはやはり同じ岩稜帯の山がそびえ、小屋の前からは深く雪に覆われた谷が遥か下方にまで続いている。

空に雲はほとんどなく、ところどころ雪に染まった尾根が、キラキラと輝いていた。ヒュウヒュウとまるで空が鳴いているような風音が耳を抜けていく。

周囲にそびえる山々は、灰色の地肌を不穏に光らせており、そこに生命の気配は感じられなかった。

植草はしゃがんでアイゼンをつける。ベルト式の最新モデルだった。慣れない植草でも簡単に装着できる優れものだ。

ガシャリガシャリと歯の音を響かせつつ階段を下りた。凍りついた地面に、アイゼンががっちりと食いこむ。

ポケットからケースをとりだし、サングラスをかけた。これ以上意地をはるのも、大人げない。

その頃になると、また強烈な風が戻ってきていた。高速で流れる薄雲が、一瞬太陽を隠し、周囲を暗い灰色の世界へと変える。

片膝立ちとなって、銃を構える仕草をする。視野の中で動くものと言えば、時おり舞い上がる雪煙くらいのものだ。

それでも、植草は感じていた。

いるな。

言葉で説明することなど無理だ。長年の猟で身に染みついた、感覚である。

彼らの目はごまかせても、俺の目はごまかせない。

それでも、感じ取れるのはかすかな気配だけだ。何処《どこ》に身を潜めているのかまでは、到底、判断がつかなかった。

何しろ初めての場所だ。勝手知ったる自身の山とはわけが違う。

しかし、厄介だな。

立ち上がり、植草はため息をつく。

場所が判ったとしても、どうやって仕留める？　あたりに身を隠す場所は少ない。あったとしても、この突風だ。銃を持ち動ける時間はごく限られてくるだろう。

相手は相当な手練《てだ》れだ。あらゆる理屈に通じている。だから、理屈で攻める限り、かなわないだろう。熊本の言ったとおり下手を打てば、返り討ちだ。

熊本たちもそれなりの経験があるようだが、彼らが何人集まろうと、獲物を狩ることはできない。ここでにらみ合っているうち、天候の変化など隙《すき》を突かれて逃げられる。

植草は空を見上げた。薄く筋状の雲が広がり始めている。

明日はまだ大丈夫だろう。崩れだすとすれば、明後日の夜以降か――。

植草は階段を上る。ステップも手すりも凍りつき、迂闊《うかつ》に触ることもできない。

手袋に苦戦しつつ何とかアイゼンを外すと、ビニールシートでまいた銃をそっと戸口に置いた。ノブを回して引くが扉は再び凍りついてびくともしない。何度かノックすると、軽い衝撃とともにドアが薄く開き、熊本の仏頂面がのぞいた。

「ノックくらいしろよ」

植草は何も答えず、サングラスを外すと、中に入った。熊本が植草の手元を見て言った。

「銃はどうした？」

「表だ」

「気温は零下だぞ。撃てなくなったらどうする」

「その程度の気温でどうにかなるほどヤワじゃない。それより、室内の温度差で水滴がつく方が怖い」

側に置いておきたかったが、状況を考えると、やむを得ない措置だった。

熊本は小さくうなずくと、ダウンジャケットの男に言った。

「ロープを持って、表の銃を手すりか何かに固定してこい。万が一にも風で飛ばされたら厄介だ」

ダウンジャケットは一瞬口を尖らせたが、すぐに立ち上がり、ポケットから登山用のロープを取りだした。

「すまんね」

植草の言葉を無視し、酷寒の表に出て行く。

それを無言で眺める鬚面と若い男。二人は、さっきの場所から動いていない。若い方は今もせっせと雪をスプーンでつついている。

植草はベッドの片隅に腰を下ろした。

「明日だ。明日、やろう」

八　穂高《ほたか》

長野《ながの》県と岐阜《ぎふ》県にまたがってそびえる北アルプス穂高連峰。日本を代表する三〇〇〇メートル級の山々八座がひしめく、美しくも険しく厳しい場所である。

北アルプス南部に位置し、北に槍ヶ岳をいただく穂高岳は、四つの峰々で構成されている。最高峰三一九〇メートルを誇る奥穂高岳。すぐ北側には、三一〇六メートルの北穂高岳、南東側には三〇九〇メートル前穂高岳、南西側には二九〇九メートル西穂高岳。岩に覆《おお》われたそれぞれのピークが、圧倒的な偉容を持って登山者に迫る。

溶結凝灰岩《ようけつぎようかいがん》から成る穂高連峰は、黒光りする険しい岩稜に覆われているのが特徴で、ルートは整備されているものの、滑落《かつらく》の危険が常につきまとう。それだけに、たとえ無雪期であったとしても登山にはそれなりの経験が必要で、数ある北アルプスの山々の中でも上級者向けとして位置づけられてもいる。

もっとも、新穂高温泉にはロープウェイがあり、西穂高の手前までは一気に登ることも可能だ。そこを中心に西穂、奥穂、さらには北穂を制覇することも、夢ではない。

とはいえ、それぞれのピークの往復はかなり難易度が高く、一年を通して、それなりの危険が伴《ともな》うことも承知しておかねばならない。

倉持は携帯の画面から目を離す。ダウンロードした穂高連峰の情報に目を通し、学生時代に登った奥穂高の威容を記憶の彼方《かなた》から呼び起こしていた。

穂高連峰には二度、登ったことがある。一度は中学のとき、親に連れられ、ロープウェイで西穂高まで行った。観光気分で西穂の岩稜に立ち、ヤッホーと叫んだことを覚えている。

二度目は学生時代だ。本格的に山に打ちこみ始めたころ、先輩と共に上高地《かみこうち》から夏の奥穂に登った。目もくらむような高度感とノコギリの歯のような岩稜帯、そして目の前に見えた槍ヶ岳の姿。脳裏に蘇《よみがえ》る風景はいまだ鮮烈で、色あせることがない。

その後、ある事故が原因で倉持は山を離れる。そのことについて、後悔はない。もしあるとすれば、厳冬《げんとう》期の穂高に一度挑戦してみたかった——ことくらいか。

夏でもなお厳しい穂高。厳冬期ともなれば、いったいどのような猛威が待っているのだろうか。

どこまでも広がる穂高への思いを断ち切り、倉持は携帯を置いた。月島の自宅の一室で、とりとめもなく、穂高のことを思いだしている。こんなことをしている場合ではないのに。

既に日付が変わり、窓から見えるタワーマンション群の明かりも数が減っている。

いま、穂高はどうなっているのだろうか。穂高連峰周辺は、豪雪の地だ。頂上付近にある穂高岳山荘も冬は雪に埋まる。冬季解放小屋として使用される無人の建物は、小屋の二階部分に設置されている。そうでもしなければ、冬場、中に入ることができないのだ。

一言くらい相談すればいいじゃないか。それが深江という男だと判っていても、彼への苛立ちは募るばかりだった。

『どこかに骨をまいて欲しい。あなたが一番好きな場所に』

マイの残した遺言。そして、佳子の記憶に残っていた山の名前。

『オクホ』

深江が向かったのは奥穂高岳だ。倉持はそう確信していた。

一方で儀藤は半信半疑だった。倉持の結論に概《おおむ》ね同意しつつも、具体的な証拠がないことを懸《け》念《ねん》していた。

山の道具をすべて置いていったことも、その一つだ。マイの遺骨をまくだけなら、倉持にまで秘密にする必要はない。遺骨の件は伏せるにしても、ただ穂高に行ってくると言い残しておけばいいだけだ。

それをしなかったのはなぜか。

その答えは、倉持の自宅前にある。カーテンの隙間から、そっと表の路地を見る。ライトを消した車が一台、駐まっていた。倉持が連れこまれ恫喝された、あのワンボックス、マツダのボンゴだ。

深江は何者かに狙われていた。彼ほどの手練れだ。気配だけである程度を察することもできただろう。

倉持はため息と共に苦笑する。

深江は何者かに狙われているのを承知で、穂高に向かった。その行動が自身を窮地《きゅうち》に陥《おちい》らせることを承知の上でだ。

なぜそこまでリスキーな行動をとったのか、その理由までは判らない。だが、深江ならば十分にあり得ることだと倉持は思っていた。

倉持は自分の思ったままを儀藤に伝えたが、さすがに完全には理解してもらえなかった。

『少し時間をいただけますかねぇ』

間延びした調子で儀藤はいい、自宅で待機するよう倉持に命じ去って行った。新野という男も、車で何処かへ連れて行かれた。彼が今後どうなるのかは判らない。魚の餌にされるようなことはないと思うが……。

携帯が震えた。非通知だ。ためらいを覚えつつも、通話ボタンを押す。

「警視庁の方から……」

「儀藤さんか、待ってたよ」

「ご自宅の様子はどうですかねぇ」

「平穏無事だよ。前の道に車が一台、張り付いているがね。で？　用件は？」

「あなたの意見を聞こうと思いましてね。深江さんのことは、あなたが一番、よく判っているようだ」

「短いつき合いだが、中身が充実していたからね。撃たれたり、殴られたり」

「深江さんはなぜ、穂高行きをあなたに黙っていたと思いますか？」

「深江は自身が狙われていることを知っていた。普通に考えれば、俺を巻きこみたくないってとこかな」

「だからこそ、あえて山の道具を残し、行き先も告げず出て行った」

「それはあくまで普通に考えたらの話だ。深江ってヤツは考え方が捻《ひね》くれている。それにそんな殊勝《しゅしょう》な男じゃない」

「と言いますと?」

「ヤツが俺に何も言わなかったのは、別に意図がある。例《たと》えば、自分が姿を消せば、まずこの俺が敵の手に落ちる。そして行き先を問い詰められる」

「しかし、本当に知らなければ、答えようがない」

「そう。一発、二発殴られるかもしれないが、命までは取られないだろう——深江はそう考えたのさ。無論、ヤツの小憎たらしいところはそれだけじゃない」

「続けて下さい」

儀藤の口調はいつもと違いなめらかで、どこか楽しそうだった。

「そういう状況になれば、俺が必死になって深江を捜すであろうことも、織りこみ済みなんだ。だから前もって、植村親子のことを教えたり、マイの施設のことを匂わせたりしておいた」

「つまり、意識的にヒントを与えていたと」

「小憎たらしいだろう?」

「ええ。小憎たらしいですね」

「俺はヤツの敷いたレールの上を美しく走り抜け、いま、ヤツが穂高にいるらしいと当たりをつけた」

「そのレールには、私も乗っているのでしょうねぇ」

「当然だろう」

ムグググと嘔吐《えず》くような音が聞こえてきた。儀藤が声をだして笑っているのだと気づくまでに、少しかかった。

「儀藤さん、さっきから思っていたんだが、あんた、楽しそうだな」

「……ええ、楽しいです。こんな体験、めったにできるものじゃない」

「では、お楽しみのところ申し訳ないが、本論に戻りたい。深江が姿を消してから五日になる。仮にあいつが穂高にいるとして、奥穂に登ろうとすれば、どのルートを通ろうと最短三日、長く見ても五日だ。何の連絡もないというのは、おかしい。途中、温泉でのんびりしている可能性もなくはないが、それならば、俺は何のために車に連れこまれ殴られたのかってことになる」

「人知れず、雪に埋もれている可能性もありますがねぇ」

「それならそれで、やはり捜しに行くべきだろう？　俺とあんたは深江の友人なんだから」

「私もですか？」

「当然。もっとも、深江に限って、埋もれている可能性は低いと思う。あいつはかなりしぶとい男だからな」

「その点には同意します」

「以上のことを考え合わせると、少々強引な推理ではあるが、深江は穂高のどこかで身動きが取れなくなっている可能性が高い」

「やはり、そうなりますかねぇ」

「他人事《ひとごと》のように言ってんじゃないよ。あんた、すっとぼけているけれど、何か情報を摑んでいるんじゃないのか？」

ぐふふふとまた、儀藤が嘔吐く、いや、笑う。

「楽しそうだな」

「いえいえ。深江さんは良い友人を作ったと思いましてね。ちょっと感動していたのです」

「俺は人を感動させる術《すべ》に長《た》けているんだ。ただし、感動した限りは見返りを要求するぞ」

「あなたからいただいた『奥穂高』というキーワードのおかげで、有益な情報を集めることができました。詳細ははぶきますが、深江さんを狙う一団が動いていることはほぼ確実です」

「深江はそいつらと奥穂高周辺で出くわしたわけだ。しかし、厳冬期とはいえ、一般の登山客だっているだろうに」

「短期間であれば、奥穂高周辺を封鎖することもできる——。深江さんが相手にしているのは、そういう連中です」

倉持の心はますます沈んでいく。

「つまり、相手はプロ、それも限りなくお国に近いってことか」

「詳細ははぶくと言いましたよ」

「そこは絶対にはぶいちゃいけないところだろう」

「深江さんは相手のことも理解していた。だから、あなたに詳細を教えなかった。自身の行き先も」

「しかし、単独で人気のない山に入るなんて、襲って下さいと言っているようなものだ。いくら腕に自信があるからと言って……」

「逆に考えることもできますよ。閉鎖空間だからこそ、自分を狙う相手を一網打尽《いちもうだじん》にできる。つまり、敵は深江さんを追い詰めたつもりで、実は、彼におびき寄せられていた」

その可能性については、倉持も考えてはいた。あまりに荒唐無稽《こうとうむけい》すぎるので、あえて口にしなかっただけだ。

深江や儀藤が生きる世界が荒唐無稽であることを、忘れていた。

「平凡な一般市民はつらいよ」

「何か言いましたか?」

「いや、何でもない。要するに、いま穂高では、深江と敵の総力戦が行われている。そういうことなんだな」

「あくまで、推測ですがねぇ」

「そこまで判っているんなら、儀藤さん、あんたさっさと助けに行けよ。さっきもワンボックスのキャラバン、運転しているヤツがいたけどさ。部下もいるんだろ?」

「ええっと、残念ながら、今の私にはそんな権限はありません。私は警視庁の一警部補という役どころでして、人を何人も動かすなんてこと、とてもできません」

「ありません、できません……か。役人ってのは不便な上に薄情なんだな」

「ただ、実を言うとですね、私にも動かせるかもしれない人物が一人いるのです」

「ああ、俺も一人知っている」

「月島で便利屋をしている人なんですがね」

「多分、俺が思っているのと同じ人物だ」

会話を続けながらも、ときおり、カーテン越しに車の存在を確認する。人の出入りこそないが、その場を去る気配もない。動きを見せないだけに、かえって不気味でもある。

ふと、気になったことを尋ねた。

「あの調布の母娘、大丈夫だろうか？　直接訪ねたのは、ちょっと迂闊だった」

「一応、警護はつけてあります。もっとも、心配はないと思いますよ。彼女たちは、無力です。脅威とならない者には、彼らは手はださない。そう考えています」

「しかし……」

「彼らが唯一恐れているのは、あなたですよ」

「それは買いかぶりだ」

「いいえ、謙遜《けんそん》ですね。実際、あなたはもう考えている。深江を捜しに穂高に行こうってね」

「あんたは俺のことを全然、判っていない。そんなこと考えていないよ」

「また、そんなことを……」

「もう決めてるんだ。捜しに行こうって。あんた、手を貸してくれないか」

「その一言を待っていましたよ。元からそのつもりです」

「では教えてくれ、俺は何をすればいい？」

「まずは彼が取ったコースの特定です」

「冬季とはいえ、奥穂に行くルートは多い。ロープウェイを使って西穂から、上高地から、あるいは、涸沢岳《からさわだけ》西尾根——」

「私はそれだと思います」

「西尾根か？」

「深江さんが敵の存在を知っていたのであれば、素早く反撃ができる、そして極力人の少ないルートを選ぶでしょう」

「ロープウェイは論外か。そもそも、西穂から奥穂に向かうルートは難度が高すぎる」

「上高地からの可能性もありますが、人の目や奥穂までの距離を考えると、西尾根に軍配が上がるかと」

「それに、涸沢から先は雪崩の巣だ。やはり西尾根を使った可能性が高い。となると、一般的には奥穂往復で三泊四日。深江の足なら、もっと早く見てもいい。それが今もって連絡一つない。この点については？」

「彼がやられたとは考えにくいです。彼が死んだのであれば、あなたの家の前に、怪しい車が駐まっていたりはしないでしょう」

「生きてはいるが、帰れない、下山できない状況だと？」

「反撃、通信も封じられ、現在は膠着《こうちゃく》状態にある。私はそう考えています」

状況の悪さに、胃の周りがチクチクと痛んできた。儀藤のたてた見通しは、倉持が予想していたものと、ほぼ同じだったからだ。多少、ましな予想を期待していたんだがな。

倉持は言った。

「しかし厳冬期の穂高だぞ。敵はどうしてそんな場所で、深江を狙った？　もっとやりやすい場所があるだろうに」

「厳冬期の穂高だからこそ、狙う価値があったのでは？　狙いやすい場所はすなわち、反撃もしやすい。正攻法で挑《いど》めば、全滅の恐れもある。物量で攻め立て、目的を達したとしても、多大な犠牲を払わねばならない。敵にとって、深江はそれだけ恐ろしい存在なのですよ」

厳冬期の穂高。なるほど、襲撃者にとってみれば、それは千載一遇《せんざいいちぐう》の機会とも言える。荷物のことを考えれば、最低限の武器しか持てない。得意の格闘術もある程度は封じることができる。

儀藤は低い声で続けた。

「深江さんも最低限の武装はしていたでしょうが、やはり限界はある……。もし私が彼を狙うとすれば、狙撃でしょうねぇ。彼の足跡を辿り、離れたところから、撃つ」

「だが、厳冬期の三〇〇〇メートル級だ。狙撃といっても、簡単にはいかないだろう」

「ええ。リスクはあります。それでも、深江と面と向かうよりは、遥かに良いでしょう？」

倉持は銃にさほど詳しくはない。氷点下の気温と三〇〇〇メートルという標高で、果たして銃器がどうなるのか、まったく判らない。

「いずれにせよ、敵が活発に動いているのは、深江がまだ無事であるという証左です。彼は狙撃という敵の放った第一の矢から逃げ延びた。そして自身の足跡を消し、山中に逃げこむ」

「それでも、袋のネズミであることに変わりはないだろう。狩られるか、寒さにやられるか、二つに一つだ」

「おっしゃる通りです。応戦できるほど射程の長い銃を持っていったとは思えませんからねぇ」

「だがどうしてだ？　深江ならその程度の襲撃、予想できたはずだろう。なぜ、丸腰に近い状態で、ノコノコ山に出かけたのか」

儀藤が言う。

「深江だからですよ」

ため息しかでない。何と厄介な男だろう。

「ヤツは死ぬ気なんだろうか」

「違うでしょう。いかなる場合でも、その選択肢はないはず。彼が生きてきた世界とは、そういうものです」

「しかし、生き延びる手立ては皆無だ」

「そんなことはありませんよ。一つだけ、残されています。深江さんもおそらくは、そこに賭《か》けたんだ。一つだけ残された手立て。それは……」

「止めてくれ。聞きたくない」

「あなたですよ」

クソ、深江のヤツ。今度会ったら、ただではおかない。

すり鉢状に広がった緩やかな斜面には、一面、雪が積もっていた。気温は氷点下のはずだが、どうしたわけか、ほんのりと暖かい。

外套に身を包んだ植草は、離れた位置から、雪景色を見下ろしている。足跡一つない、美しい雪面だった。

ふと目をこらすと、雪の真ん中に男が一人立っていた。

植草は思わず目をこする。足跡は一つもない。あの男はどうやってあそこまで行ったのだ。もっとよく見ようと身を乗りだすが、下半身は固まったように動かない。慌てて銃を探す。しかし、手は空を掻くばかりで手応《てごた》えがない。

銃は？　なぜ、銃がない。銃も持たず、俺はこんなところで何をしている？　ふいに男がこちらを向いた。その顔を見て、植草は愕然《がくぜん》とする。

息子だった。彼の手にはフィンベアーがある。新品同様の輝きを放っている。グリップの木目もはっきりと見える。やはり新品のスコープをつけ、革製のスリングで肩からかけている。

『陽太郎……』

息子の名を口にしたのは、何年ぶりだろう。

『陽太郎、そんなところで何をしている？』

植草の声は雪面を滑《すべ》り、真っ青な空に反響する。にもかかわらず、陽太郎の耳には入らないようだ。

おまえは猟が嫌いだった。猟を生業《なりわい》にする父親も嫌っていた。だから、山を捨てたんじゃなかったのか。

声は間違いなく届いているはずなのに、陽太郎は銃を肩にかけたまま、身動きもしない。

さらに呼びかけようとしたとき、息子の遥か前方に巨大な鹿が現れた。植草に気取《けど》られず、いったいどこから現れたというのか。雪に足跡もついていない。

鹿は角を振り立てながら、しきりと陽太郎を気にしている。このままでは危険だった。

『逃げろ！　そのまま、ゆっくりと後ろに下がれ。鹿に背を向けるんじゃないぞ』

声を限りに叫ぶが、やはり息子の耳には届いていないようだった。それどころか、前方にいる鹿にすら、気づいていないようだ。まったく無防備な体勢で、陽太郎はただぼんやりと雪原に立ち尽くしている。

鹿が陽太郎に向かって走り始めた。モクモクと雪煙が上がる。

鹿の角は植草が見たこともない大きさだった。あんなのに引っかけられたら、無事では済まない。

危険を知らせようと斜面を下ろうとした。だが、足は微動だにしない。

『陽太郎！』

なぜ、銃を構えない。なぜ、狩ろうとしない。

鹿が猛然と陽太郎に襲いかかる。舞い散った雪のせいで、息子の体は瞬《また》く間に見えなくなった。

植草は目を開いた。

床の冷たく硬い感触が、今いる場所を思いださせてくれた。

小屋の中は静寂に包まれていた。中にいる男たちは皆、ぐっすりと寝こんでいる。交代で見張りをする手はずになっていたが、睡魔には勝てなかったようだ。疲労がたまっているのだろう。

窓は硬く凍りついていて、外の様子をうかがうことはできない。

熊本たちの相手にしている男が、かなりの手練れだとすれば、夜陰《やいん》に乗じて小屋に近づき、攻撃を仕掛けてくる可能性もなくはない。

だが、それはあくまで最後の手段だろう。この狭い小屋に乗りこんできたところで、できることはたかが知れている。人数、武器に勝《まさ》る熊本たちが圧倒的に有利だった。一人、二人は倒せるだろうが、その後は蜂《はち》の巣《す》にされて終わりだろう。

手練れであるならば逆に、攻撃はしてこない。植草はそう読んだ。

敵は待つことを知っている。

厄介だ。

植草は壁にもたれかかり、再び眠りの帳《とばり》が下りるのを待つ。

ここにきて、陽太郎の夢とは……。

年と共に眠りは浅く短くなり、夢もよく見るようになった。夢のメカニズムのことはよく判らない。人は一夜の眠りの中でいくつもの夢を見る。ただ、それらのほとんどを覚えてはいない。目覚めたとき最後に見た夢をたまたま覚えているだけだ——、そんなことをかつて本で読んだ覚えがある。

植草が記憶している夢は、大抵が悪夢だ。銃が不発であったり、いざ獲物と向き合うと手にしていた銃が消え失《う》せていたりする。猛《たけ》り狂った獲物が眼前に迫り、恐怖で叫び声を上げる。気がつけば、寝具の上で寝汗をかいている。おそらく、本当に叫び声を上げていたに違いない。今までの殺生《せっしょう》を思えば、当然のことかと諦めている。

陽太郎……。

遅くにできた一人息子は、植草にそっくりだった。細面《ほそおもて》で切れ上がった細い目、長い手足、いくら食べても大して太らない体質、挙げていけばきりがない。並んで歩く折も、親子であることに説明はいらなかった。

しかし、中身は正反対だった。気が優しく、争いごとが嫌いだった。いつも近所の子供たちにいじめられ、物を取り上げられたりしていた。それでも、反撃もせず、恨《うら》み言《ごと》も言わず、母にほんの少し甘えるだけの、淡々とした日々を送っていた。

そんな息子の態度が、植草には不満だった。いじめられたのなら、なぜやり返さない。物を取られたのなら、なぜ取り返さない。

植草自身は、子供のころ悪童と恐れられ、祖父の跡を継いで猟師となった後も、同じく仲間から恐れられた。気に入らない相手は徹底的にやりこめたし、欲しい物は必ず手に入れた。その代わり、猟では人に負けぬよう努力もした。人が尻込みするような山に入り、大きな獲物を仕留めてみせたものだ。

妻を病《やまい》で亡くした後、息子の不甲斐なさに業《ごう》を煮やした植草は、陽太郎を無理矢理、猟に同行させた。むろん、命がけの山行きだ。こっそりと銃を教え、獲物の解体もさせた。

陽太郎は感情をあらわにすることなく、黙々《もくもく》と植草についてきた。冬の山中でも、つらい寒いなど、泣き言はいっさい言わなかった。

しかし、銃の扱いは上達せず、獲物の解体では、何度も吐いた。

こいつはダメだ。そう思ったのはいつだったか。もはや覚えてもいない。自然、親子の会話は途絶《とだ》え、一つ家にいても、ほとんど顔も合わせない生活となった。

時代は移り、植草のような猟のやり方では、周囲の理解を得られなくなっていた。それでも、植草はこだわった。いつしか、仲間を失い、猟場も失った。

植草は息子を残し、各地を転々とすることになった。陽太郎の面倒は、村の誰かが見てくれる。彼は学業も優秀であり、目をかけてくれる教師もいた。放っておいても、育つだろう——そう考えていた。

そんな自ら捨てたも同然の陽太郎のことが、しきりと心に浮かぶようになったのは、別れて二年ほど後のことだ。

各地を巡り、結局、自身の居場所は見つけられなかった。流浪《るろう》の果て、蓄《たくわ》えも仲間も失い、最果てのような山奥にたどり着いた。炭焼き小屋のようなボロ屋に住み、細々と獲物を獲り、生活を続けた。

そんな己《おのれ》を振り返るとき、常に対面にいるのが陽太郎だった。

物静かで線の細い陽太郎。だが、本当に心根が強かったのは、陽太郎の方ではなかったか。どのような目に遭っても、自身を諫《いさ》め、恨まず、引きずらず、前向きに毎日を生きた。

その場その場で我を通し続けた植草に比べ、理は陽太郎にあった。

上辺《うわべ》が気に入らぬからと、植草は一人息子にずいぶんと酷いことをした。向かぬことを強要し、酷くののしりもした。

親として、なんと浅はかであったことか。

何とか詫《わ》びの一つも言いたいと思ったが、既に居所は判らなくなっていた。

積極的に探そうとは思わなかった。蓄えがなかったこともあるし、向こうが自分を許すまいと思っていたからだ。

どこかで幸せにいてくれればそれでいい。そう願いながら、日々を生きていた。

息子の死を知らせる凶報が来たのは、それからさらに数年の後だった。

眠りは一向に訪れない。眠りの不足は猟に影響する。

植草は息子にまつわる記憶を振り払う。

ようやく巡ってきた償《つぐな》いの機会である。失敗は許されない。

嫌われ者であったが、植草の猟師としての腕は、誰しもが認めるところだった。

獲物を撃ち、金を貰う。

既に猟師ではなくとも、それが植草の流儀だ。
目を閉じる。
眠りはすぐに訪れた。

九　出発

「何なんだこらっ」

男の叫び声が外から聞こえてきた。倉持は窓のカーテンをめくる。街灯の下で五人の男たちが争っていた。派手な刺繡《ししゅう》の入ったジャンパーやら時代錯誤《さくご》な毛皮のコートを着て、お互いにすごんでいる。道の真ん中で顔をくっつけ合うようにしての恫喝だ。

男たちのにらみ合いは、自宅前に駐まっている車からほんの数メートルほどのところで展開されていた。

倉持は笑みをかみ殺しつつ、キッチンに戻った。テーブルの向こうに、儀藤の姿があった。

「突然すみません。警視庁の方から来ました」

「それにしても、突然だな」

通話を切ってから、まだ三十分とたっていない。

「一刻を争いますのでね、こちらの一存で作戦を始めさせていただきました」

「作戦ねぇ。当然、あれもその一環《いっかん》?」

窓の方を示す。男たちの怒鳴《どな》り合いはさらにヒートアップしている。

儀藤はどんよりとした目を指先でこすりながら、言った。

「あと一分で警察が来ます。そのときが、見張りを誤魔化《ごまか》せる唯一のチャンスです。あなたはここを出て下さい」

「出て下さいって……出てどこへ行くんです？」

「中央大橋へ向かって下さい。そこで車があなたを拾います。装備品一切《いっさい》が積みこんでありますので、あなたはそのまま目的地へ向かって下さい」

「待った！　手回しがいいことは認めるが、良すぎるぜ。第一、自分がいなくなれば、監視している連中は当然……」

「大丈夫です。ここには私が残ります」

「は？」

「一晩中、部屋の中をウロウロして、明かりをつけたり消したりします。連中がおかしいと気づくのは、そう、明日の朝……いや、定時連絡を入れているでしょうから、朝の連絡が終わった後、口を封じるとしましょうか。そうすれば、昼前くらいまでは時間を稼《かせ》げるでしょう」

儀藤は食材の買いだしにでも行くような調子で、言った。

男たちの怒鳴り合いはさらに激しくなり、ついに遠くからパトカーのサイレンが聞こえてきた。

儀藤はぽんと両手を打ち鳴らし、言った。

「明日の昼です。そこまでが、あなたに与えられたアドバンテージ。明日の昼を過ぎた時点で、敵はあなたが深江の救出に向かったことを知ります」

倉持は泣きたくなった。本当に涙がこぼれそうだった。

「まったく、何でこんな目に……」

「深江さんは、いい友達を持ちましたねぇ」

「うるさい。俺にとっては死神だよ」

「命の恩人だったときも、あったのでしょう?」

「そのときのツケを、今、取り立てられているのさ」

儀藤は数秒口を閉じ、ふすまが開いたままになっている深江の部屋をのぞいた。

「深江さんは多分、あなたを待っていますよ」

この小男、見た目は愚鈍《ぐどん》を装《よそお》っているが、実のところは研《と》ぎ澄ましたナイフのごとき切れ味を持っている。倉持などが到底、太刀打ちできる相手ではなさそうだった。

「認めたくはないが、あんたの言う通りだと思う。深江は自分が消えれば、オレが子供のように騒ぎだすと判っていた。そして、ジョーカーであるあんたに連絡を取ることも」

「そして私が、深江さんのために走り回るであろうことも」

「食えない野郎だ」

「窮地《きゅうち》に陥《おちい》っても、生存の望みを捨てない。彼はそう教わってきました。あれで生への執着は、人一倍激しいのですよ。可能性はゼロに近くとも、望みを捨てていないはずです」

「男同士の友情とか、そういう暑苦しいのは嫌いなんだがねぇ」

「心配はいりません。今の穂高は酷寒です」

「実際に行かないヤツは気楽でいいよな」

パトカーのサイレンはいよいよ近づいてきた。窓越しに、赤色灯《せきしょくとう》の光が見えた。

倉持は階段を下り、玄関扉を薄く開ける。男たちが入り乱れ殴り合っていた。臨場した警官がさっそく止めに入る。それが騒ぎをさらに大きくした。大乱闘だ。

商店街方向からも、野次馬《やじうま》が集まってきた。もんじゃ焼き屋などは、閉店も早い。深夜一時ともなれば商店街は人通りもまばらなはずなのだが。

警官の笛が響き、男たちの怒号《どごう》がこだまする。別に隠れる必要もなかった。倉持は堂々と、我が家を後にする。

自宅の姿を見るのも、これが最後かもしれない。振り返りたい衝動を必死に抑えた。監視者の目を、乱闘絡みのゴタゴタで欺《あざむ》こうとしているのだ。長居は無用。

商店街に入ったところで、倉持は駆けだした。ここに来てもう数年、長屋のような家々の配置は、すべて頭に入っている。家と家の間を走る細い路地、裏手へと抜ける住人しか知らない細道。隅田川を渡る川風に首筋を縮めながら、倉持は走った。月島一丁目を抜けたところで、隅田川方向へ曲がる。地図にも出ていない金網と金網の間を通り、柵を一つ乗り越えて、新月《しんげつ》陸橋の前に出た。今のところ、追っ手の気配もない。

陸橋の階段を上り、四七三号線に出た。目の前には、暗闇に沈む隅田川と佃大橋、対岸にビル群の夜景が広がる。

深夜であっても、そこそこの交通量があり、ヘッドライトが近づくたびに、倉持は緊張で身を固くする。

歩道をゆっくり中央大橋の方へ向かって歩いていると、シルバーのライトバンが音もなく止まった。トヨタのプロボックスだ。

車に連れこまれ、望まぬドライブを強要されてから、まだ一日とたっていない。足が竦《すく》み上がり、左右をうかがう。人気はなく、しかも、ここは橋の上だ。挟《はさ》み撃ちにされたら、逃げ場はない。

いや一つだけある。真冬の隅田川だ。

もっとも、見た目より流れが複雑で、服を着て飛びこもうものなら、水泳が達者な者でも溺《おぼ》れると、聞いたことがあった。

そんな選択はできれば避けたい。

焦《あせ》る倉持の眼前で、助手席側のドアが開く。

「倉持さん、早く、乗って！」

姿を見せたのは、倉持のよく知る人物だった。運転席から助手席側に身を乗りだし、手招きをしている。

「原田《はらだ》？　原田さん？」

「話は後です。早く！」

倉持は身をかがめ、助手席に飛びこんだ。ドアを閉めるや、プロボックスは急発進する。

背もたれに身を預け、呼吸を整える。そんな倉持を、原田が横目で見ていた。

「相変わらず、危ないことに巻きこまれているんですねぇ」

「誓って言いますが、今回はオレのせいじゃない。あいつのせい」

「深江さんですね」

「ああ。しかし、どうしてまた、あなたがここに?」

原田は長野県で組織された山岳遭難救助隊の特別部隊の一員である。

山岳救助は、管轄《かんかつ》区域ごとに各県警が行うこととなっているが、登山人口の増加に伴《ともな》い、事故が増大したことなどから、管轄区域をまたいで、自由に行動できる特別隊が数年前に組織された。

原田は、その創設時からのメンバーの一人である。

倉持と原田の出会いは、あの夏の日に起きた事件に遡《さかのぼ》る。あまり良い出会いとはいえなかったが、原田が山に戻った後も、折に触れ、連絡を取り合っていた。

深江も、秋の事件でずいぶんと世話になったと言っていた。

原田がこの場に出向いてきたのは、すべてを把握している儀藤の人選であろう。儀藤は誰もやりたがらない閑職《かんしょく》に就《つ》いていると言ってはいるが、依然、かなりの権力を手中にしていると考えるべきだ。彼はいったい何者なのか。好奇心がうずくが、それもこれも、深江を救い生きて帰って来られたらの話である。

原田が苦笑しながら言った。

「大丈夫ですか？　ずいぶんと慌てている様子でしたが」

「気にしないで下さい。あんたらの登場の仕方が、ちょっと精神的古傷を刺激しただけです。それよりも、こんなことに駆りだしてしまって、本当に申し訳ない」

原田は首を左右に振りながら答える。

「実のところ、何がどうなっているのか、よく判らないのですよ。普段は勝手なことばかりしている我々ですが、そこは警察官です。上からの命令があれば、黙って従います」

「儀藤堅忍という男について、きいたことはありますか？」

「儀藤？」

原田は肩を竦めた。

「自分たちのような末端の末端には、命令の出所なんて永遠に判らないんですよ」

そう言いながらも、卑下《ひげ》した様子は微塵《みじん》も感じられない。彼は山での任務に誇りを持っている。末端の意地が、そこにあった。

倉持は言う。

「実のところ、オレ自身、大して判ってはいないんです。何しろ便利屋だから。末端の末端の末端だから」

原田は口元を緩めながら、ちらりと目を向けた。

「末端同士、一つ、目に物見せてやろうじゃないですか」

「目的地については、どの辺りまできいているんですか？」

「新穂高の登山口までお連れしろと。そう言われています。細かく言うと、あそこは岐阜県警の管轄なのですが、山岳事案に関して我々は、県またぎで活動できる特別部隊なので」

「しかし、ずいぶん、ざっくりした命令なんですね」

「ざっくりであればあるほど、難易度は上がるんです。そういう意味では、今回は相当だ」

「決して無理はしないで下さい。行けるところまででいい。ダメだと思ったら、遠慮なくオレを下ろしてくれてかまいません」

「そうなったら、そのときに考えましょう。そうそう、後部シートにあなたに渡せと言いつかっている荷物があります」

倉持は後ろを見た。後部シートがたたまれ、荷台のスペースとして使われている。そこにあったのは、六〇リットルのアタックザックだった。儀藤が揃《そろ》えたとなれば、中身の確認は後でいいだろう。

前に向き直ると、原田が左手でタブレットを差しだしてきた。画面には、天気予報が表示されている。

「穂高周辺の天気予報です。昨夜から明け方にかけてはかなりの荒天で、雪も降ったようです。現在は曇り時々晴れで風も弱め。明日《あす》から二日ほど、この時期としては珍しく晴天が続くと出ています。我々も同じ見解です」

「明日、明後日《あさって》が勝負ってことですか」

「理想としては、明後日の夕刻までには下山したいところです」

「この山行きに、理想なんてものは、どこにもありませんがね」

倉持は山中の深江を思う。昨秋の天狗岳で、深江が常に気にしていたのは、山はどちらに味方するのか、だった。

いま、山は深江に微笑《ほほえ》んでいるのだろうか、それとも、冷たく死の息を吹きかけているのだろうか。

昨夜から、穂高は荒れたと言う。深江に残された唯一の選択肢は、穂高岳山荘に避難することだ。しかし、その程度は敵も予想している。小屋に陣取り、迎え撃つ態勢を整えているかもしれない。そうなれば、万事休すだ。

厳冬期の三〇〇〇メートルで、小屋に入ることもままならず、吹雪を伴った悪天にさらされれば、生存は難しい。

だが、相手は深江だ。どうにかして凌ぎきった可能性はある。いや、確実に乗り切っているはずだ。

これから訪れる二日間の晴天。深江にとって、吉と出るか、凶と出るか。

倉持はふっと息を吐き、肩をすぼめた。

山が笑おうと怒ろうと、すべては倉持にかかっている。その事実だけは変わらない。

倉持は穂高連峰の地形図を頭に描いた。

ポイントとなるのは、涸沢岳だろう。深江を首尾《しゅび》良く追い詰めるには、涸沢岳あたりで、蒲田《がまた》富士《ふじ》側と奥穂高側から挟み撃ちにするのが最善のように思われる。岩稜帯が続くため見通しもよく、多人数でかかれば見失う心配もない。氷点下の気温と強風に身をさらさねばならないため、条件的には厳しいが、それに耐えうる訓練を積んだ者を揃えればいいだけの話だ。

最初の攻撃は、どのようにして行われたのだろうか。それを深江はどう受けたのだろう。

過去はどうあれ、今は一般人の深江である。非合法の武器がすぐに入手できたとは考えにくい。ナイフなどを除けば、武器らしい武器ももたずに入山したと考えられる。無論、敵の存在を察知していたのであるから、攻撃を受けたときはそれなりの対応を取ったであろう。考えられるのは、敵に秘密裏に接近し、武器を奪うというやり方だ。それはまた、深江の得意とする戦法でもあるようだ。

一方の敵も、襲撃に綿密な計画をたてて臨んだだろう。深江の恐ろしさを知っているからこそ、冬季の三〇〇〇メートルなどという常軌《じょうき》を逸《いっ》した場所で襲撃をかけたのだから。

だが、山はどちらにも味方しなかった。深江が何人殺したのか、自身もどの程度の傷を負ったのかは判らない。

いずれにせよ、状況は膠着状態になった。恐らく、深江が身を隠したのだ。

彼の戦闘力を考えれば、うかつに踏みこんでいくのは危険だ。一人一人、音もなくやられ、気づいたときには全滅——なんてことになりかねない。敵は深江のこともよく知っている様子だ。深追いはせず、持久戦を取った。

そうこうするうち天候が崩れ、今度は牙を剝《む》いた穂高が深江に襲いかかった。他方、吹きつける風と雪は、深江の足跡を消し去り、彼の居場所特定を困難にした。

倉持は再びタブレットに表示された天気予報に目を落とす。

敵が攻勢をかけるのは、晴れが戻る明日……いや、明後日か。明日は一日、深江の居場所を探るための様子見とするだろう。そして明後日、勝負をかける。

深江に勝機があるとすれば、明日、倉持が敵の目をかいくぐって山に登り、儀藤が用意した物資を手渡すこと。

夢物語だ。二人が生きて帰れる可能性はゼロに等しい。

やれやれ。ため息をつき、タブレットを置いた。

原田が前を向いたまま言った。

「少し休んでいて下さい。近くまで行ったら、起こしますから」

「ありがとう。そうさせてもらいますよ」

身を縮め、目を閉じる。

眠れるはずもないことは、判っていた。恐怖と興奮、緊張に胸が躍《おど》っていた。昨年の秋以来、忘れていた感覚だった。

この状況を、オレは楽しんでいるのか？

戦いの日々が続けば飽《あ》き飽《あ》きし、平穏な日々が続けば退屈でたまらなくなる。

浮き沈みの激しい人生だったが、それもここらで打ち止めかもしれない。

まぁ、それならそれでいい。

倉持は曇ったウインドウを手で拭った。夜空が見えた。雲の合間から、わずかだが星が瞬いている。

天気予報は大当たりだ。

深江はやはり運がいい。そしてオレは、いつも貧乏《びんぼう》くじを引かされる。

植草は一人起き上がり、いびきをかいて眠る男たちの間を抜けた。ウェアを着こみ、手袋もつける。

ドアノブに手をかけ、力任せに押した。しばらくはびくともしなかったが、力をかけ続けていると、少しずつ軋《きし》みながら開き始めた。わずかにあいた隙間から、刃物の切っ先のような寒風が鋭く吹きこんでくる。

ドア近くで横になっていた男が、勢いよく身を起こした。植草がヘリから降下した際、補助してくれた兄弟の片割れだ。

「何だ⁉」

その声に熊本もゆっくりと起き上がる。

「どうした?」

植草は面目《めんぼく》なさげに、頭を下げる。

「すまん、小便」

「ちっ」

眠りを妨げられた男は、聞こえよがしに舌打ちをすると、またシュラフにくるまった。熊本はそのままの姿勢で、じっと植草を見ている。

「一人では危ない。誰か付けよう」

「よしてくれ。ションベンくらい、一人でできる」

「ここは、いつもの山とは違う」

「いいんだ」

植草はようやく開いたドアの隙間に身をねじこむ。どうにかこうにか表に出ると、戸口に置いた銃を確認する。銃をまいたビニールは固く凍りつき、表面はうっすらと白くなっていた。ロープで手すりに固定された銃を、植草はそっと撫でる。そのままの姿勢で、頭上に広がる闇を見上げた。

風はさほど強くはない。空は雲に覆《おお》われており、時々、礫《つぶて》のように雪が頬を打った。それでも、天候が大きく崩れる様子はない。

向こうが、涸沢岳……。おおよその方向を探る。月も星もない山稜では、夜目《よめ》の利く植草であっても、目隠しをされているようなものだった。

一度目覚めた後、うつらうつらとするだけで、深い眠りは訪れてはくれなかった。目を閉じていると、浮かんでくるのは、陽太郎のことばかりである。

気分を変えよう。

外気に当たり、気を静めようと思い立った。小屋の者には迷惑をかけるが、このまま夜明けを迎えるわけにもいかない。

ぐっと腹に堪《こた》える寒さに身を置いて、植草は雑念を振り捨てる。

夜明けまであと数時間。二時間も眠れば、疲れはすべて抜けてくれるだろう。涸沢岳から延びる尾根に植草は目をこらした。何が見えるわけでもない。明日から、いまだ生きているかも判らぬ獲物を追う。油断すればこちらがやられる危険な相手だと言う。小屋にいる男たちが、腹の底で恐怖を感じているのが判る。

そんな中で、植草はいまだ完全には熱くなれずにいる。どれほどの手練れであっても、この過酷な環境の中、ろくな装備ももたず、長く生き延びるのは不可能だ。

そうなのか？　あんたは、俺が命をかけるほどの獲物なのか。あんたはまだ、生きているのか？　狩りの場になると思われる方角に向かって、植草は心の内で語りかけた。

涸沢岳ピーク付近にかすかな光が見えた。ほんの一瞬だった。

暗闇の中、遥か彼方に芥子粒《けしつぶ》ほどの明かりが、光って消えた。

本来なら、到底、見えるはずもないか弱い光だった。植草の目にまで届いたのは、周囲を包む暗闇のせいだ。たとえ、どんな小さなものであっても、光は目立つ。

いるのか。

植草の心は一気に沸《わ》き立った。光はロウソクか、ヘッドランプか、それともライターか。細心の注意を払って点《つ》けたものだろう。それが、ほんのわずかに漏れた。そして偶然、植草の目に入った。

幻覚ではない。

獲物は今もあそこにいる。そして牙を研いでいるのだ。

植草は意気揚々とした気分で小屋のドアを開いた。勢いよく開いたドアは、大きな音をたてる。再び眠りを妨げられた男たちが、怒りに満ちた目を植草に向けてきた。

熊本は片肘《かたひじ》をついて起き上がると、言った。

「ずいぶんとすっきりした顔をしてるじゃないか」

植草は笑って言った。

「だすもんだしたからさ」

手袋を外し、シュラフにくるまる。

さあ、狩りが始まるぞ。

植草は目を閉じる。

十　入山

思いがけず、深く寝入ってしまった。助手席に身を埋めた倉持は、水滴で曇ったウインドウを肘でそっと拭いた。車は、山の中を貫く一本道をひた走っていく。夜明けはまだ遠く、周囲の空はまだ暗い。街の明かりはないが、道の左右に積もった雪が白々としたラインになって、飛び去っていく。走っているのは、中部縦貫自動車道だと当たりをつけた。

目指す新穂高温泉は、東京から車で約四時間ほどかかる。首都高から中央道に乗り、ただひたすら走る。岡谷《おかや》ジャンクションで長野自動車道に入り、松本《まつもと》インターで下りる。そこからは国道一五八号線を進み、中《なか》の湯《ゆ》温泉で中部縦貫自動車道へ入る。時計を見ると、車に乗りこんでから約三時間ほど。ずいぶんと寝こんでしまったものだ。

まだぼんやりとする頭を無理矢理、覚醒させ、身を起こす。運転席では、原田が鋭い目をじっと前に注いでいる。恐らく休みなしで運転してきたのだろう。にもかかわらず、疲労の色はまったく見えない。

「申し訳ない。適当なところで交代しようと思っていたのですが」

倉持が言うと、運転席の原田は首を振りながら、言った。

「とんでもない。倉持さんにはこれから、大仕事が控えているんだ。せめて、ゆっくり休んでもらわないと」

原田は頭を軽く下げ、視線を正面にやる。ヘッドライトと街灯の明かりが、ぼんやりと左右の雪を映しだした。

「積雪は少ないようですね」

「例年に比べると。まあ、温暖化のせいもあるのでしょうが、ここ数年はいつもこんな感じです」

前後に車の姿はなく、対向車もない。単調な道行きだ。

倉持はタバコの欲求と闘いながら思う。止めて何年にもなる。とっくに忘れたと思っていた感覚だった。

「腹ごしらえするなら後ろのものを適当に。ろくなものないんですけど」

見れば、コンビニの袋が一つ、でんと置かれていた。中には菓子パンや惣菜《そうざい》パン、缶コーヒーなどが詰めこまれている。

食欲はさほどなかったが、これからのことを考えれば、食べておくべきと考えた。

あんパンと糖分たっぷりの缶コーヒーを取った。

車は安房《あぼう》峠を過ぎ、平湯《ひらゆ》温泉に近づいていた。

パンに齧《かじ》りつきながら、この現実とは思えない状況について、あらためて考える。

儀藤が寄越したザックの中身は、まだ精査していない。中身を見るのが恐ろしいというのもある。

原田が言った。

「装備の確認と着替えをどこかでしないと」

「適当なところで停めて下さい」

「積雪が少ないとはいえ、冷えこみはかなりのものです。天候は良好とのことですが、突風や一時的な降雪は十分にあり得ます。通常であれば、単独での入山はおすすめしないのですがね」

原田の表情には抑えきれない苦渋があった。詳しい内容までは聞いていないのだろうが、倉持を何が待ち受けているのか、何となく予想がついているのだろう。自分がその片棒を担《かつ》ぐことへの贖罪《しょくざい》が、わずかに嚙んだ下唇に表れている。

気に病むことはないですよ。

重い空気はいつも苦手だ。いつものように、少し茶化して言ってやりたかったが、さすがに今だけは、そんな気分にもなれない。

缶コーヒーを飲み終わるころ、原田が口を開いた。

「このまま奥飛驒《おくひだ》温泉郷を抜けて、通称、星空街道に入れば、すぐに新穂高温泉です」

「さすが、この時期、この時間、道は空《す》いていますね」

ナビなどによれば、所要時間は四時間ほど。実際は三時間と少しだ。

原田は苦笑して道脇に車を駐めた。

「私が言いたいのは、そんなことではない。あなたにも、お判りのはずだ」

倉持はうなずく。

「まだ、正面から向き合う勇気がなくてね」

また始まったといったあきれ顔で、原田は口を閉じる。倉持は後部シートから、新しい缶コーヒーを取る。

「飲み納めかもしれないからね」

それを聞いて、原田も腹を決めたようだった。

「この時期であっても、新穂高温泉には観光客がいます」

感情を排した、極めて事務的な口調になっていた。倉持としても、その方がありがたかった。

「敵がそこで何か仕掛けてくるとは思えません。ただ、西尾根ルートに一般登山者が入らぬよう、何らかの対策は打っているでしょう」

「それはしているでしょうね。俺だったら、ルートに入って三十分ほどのところに二人立たせておく。登山者が来たら、この先は崩れていて通れない……とか何とか」

「私もそう思います。問題はそこをどう突破するかです」

「彼らは互いに連絡を取っているでしょうから、下手に一人を片付けて連絡が取れなくなったとしたら……」

「あなたの入山が連中にばれる……悩ましいところですね」

「夜陰に乗じてといきたいが、相手は西尾根です。そこを夜間に登るなんて……」

「ただ、あまりグズグズもしていられません。昼を過ぎれば、あなたが自宅にいないこともばれる」

「あなたのバックについている人が、何か魔法でも使ってくれない限りね」

「それほど器用な人物には見えませんでしたからねぇ。失礼ながら」

「となると、ここは……」

倉持は原田を見た。

「あなたにも、かなり危ない橋を渡って貰うことになるかな」

「それは、覚悟の上ですよ」

原田は怯んだ様子もなかった。

「私の身分が役に立つでしょう」

原田は胸ポケットに収められた警察手帳のような黒い身分証を示した。

「これにものを言わせ、見張りは何とかします。それほどの大人数を割《さ》いているとは思えません。そこを突いて、あなたにはルートに入っていただく」

「トレースの問題なんかはどうします？　俺が歩けば、一目瞭然ですよ」

今日は好天。ルートに入れば、倉持の足跡がくっきりとつく。

原田はその辺りも考慮済みの様子だった。

「まあ、任せておいて下さい。あなたは人目につかない場所……と言っても、その大荷物だ。なかなか難しいでしょうが」

「それはこっちで何とかします。それより、あなた大丈夫なんですか？　相手は武装しているだろうし、下手をすると……」

「現役の警察官に、それも人目のある場所で、そこまでするとは思えない」

「楽天的なんですね」

「あなたを見習ってね」

「せっかく止まってくれたんだ。この間にいろいろ片付けますよ」

倉持は後部シートに移る。ザックを開き、中身を確認した。二リットルの水筒、チタン製のテルモス、ＬＥＤヘッドランプ、ツェルトにガスコンロ、コッヘルなどがきちんとパッキングされている。どれも新品だ。

テルモスには、熱い紅茶が入っていた。口に含むと心地よい甘みが舌に広がる。倉持は満足して、蓋を閉じ、ザックに入れる。

続いて開いた天蓋の収納部分には、小型の折りたたみナイフ、ホイッスル、地形図、コンパスが入っていた。ザックの横にあるビニール袋には、衣類、サングラス、ガーミンのＧＰＳが入っていた。

ＧＰＳは手のひらサイズの大きさで、小さな画面には地図、気温などを表示できる。現在位置が一目で判る現代登山には欠かせない機器だ。

ウールのアンダーシャツ、アンダーパンツに始まり、ジップアップ式のシャツ、防水・防寒性のオーバージャケット、化繊《かせん》のパンツにやはり防水・防寒性のオーバーパンツ、すべて倉持のサイズにぴったりだった。色はどれもグレーやモスグリーンだ。

「もう少し、派手めが良かったんだけどな」

倉持の独り言に、原田が笑う。

「前に会ったとき、深江さんも似たような色を着ていましたよ」

「あいつと同類だなんて思われたくないからさ」

袋にはインナーグローブ、厚手のグローブ、そしてオーバーグローブなども、きちんとセットになって入っている。靴下は保温材入りの最新のものが替えも含め二足、その他、厚手のウール製目出し帽《バラクラバ》、防水の腕時計、ゴーグルがあった。

運転席のシート下からは、防水シートにくるまれた登山靴にヘルメット、ワンタッチ式の十二本歯アイゼンが出てきた。そして、助手席の方からは、四日分と思われる携帯食料がビニールにくるまれ置かれていた。ゼリー状の栄養食、キューブ状のチョコ、塩せんべい、一口サイズの羊《よう》羹《かん》、飴《あめ》などがそれぞれ袋に四等分されている。粉末スープ、お湯でもどすだけのフリーズドライ携帯食も四袋ある。どれも牛丼だった。

「バリエーションを考えろよな」

つぶやきながら、それらをザックに詰めていく。

シートの下をさらに探ると、冷たい金属の感触があった。登攀《とうはん》用ピッケルとストックが二本。ピッケルは二本あるとベストだったが、贅沢《ぜいたく》が言える状況ではない。頭を切り替え、それらをそっとシートに横たえた。

用意されていたのは、それがすべてだった。

ロープ、カラビナなどは見当たらない。

「確保なしで登れってか」

蒲田富士から涸沢岳にかけての稜線歩きが、真っ先に思い浮かぶ。左右にせり出した雪庇《せっぴ》。そこをただ一人で、ロープもなしに駆け上れと儀藤は言っているのだ。

原田も承知しているに違いない。じっと前を見たまま、こちらと目を合わせようとしない。

「くそったれめ、やってやるよ」

パッキングを終えようとしたとき、ザックのサイドポケットが膨らんでいることに気づいた。開けてみると、スキットルボトルが入っている。

「こいつは……?」

原田がこちらを見て、にやりと笑った。

「それはボクからの贈り物です。ここぞって時に使って下さい」

倉持も自然と笑みがこぼれた。

「ありがたく」

着替えにかかる。手早く五分ほどですべてを終える。脱いだものはたたんでシートの隅に置く。着の身着のまま、着古したジーンズに洗い晒《ざら》しのシャツ、スーパーで買った安物のジャンパーだ。

「この辺は捨ててもらって構いませんから」

「いえ、ちゃんとお返ししますよ。時間があれば洗って」

「どうせなら、こっちも新品、いや、ブランドものに替えてくれるとありがたいな」

「残念ながら、我々も予算が少なくて。それはそうと、倉持さん、前に会ったときより痩《や》せましたね」

倉持はふんと鼻を鳴らす。

「深江と住むようになってから、ヤツのトレーニングにつき合っていたんですよ。いや、全部じゃない。あいつと同じ量こなしてたら、逆に体を壊してしまう。それでも、毎日かなりの距離を走り、どえらい量の筋トレを数セット、何だかよく判らないが、格闘技の相手もさせられて、気がついたら、体形が変わっていたようなわけです」

「深江さんに感謝しないと。その体があれば、今回の無茶も何とか乗り切れそうだ」

倉持ははっとして原田を見た。

「まさかあいつ、こうなることを見越して、俺にトレーニングを……いや、まさか。まさかね」

「そんなバカなと笑えないところが、深江さんです」

「違いない。さてと、こいつが最後かな」

倉持は最後に、後部シートの下に置かれたプラスチック製のハードケースを引きだした。長さは八〇センチ、幅は四〇センチほど、厚みは一〇センチ足らずか。色は黒で、ずっしりと重い。留め具に指をかけようとして、止《や》めた。ザックの中をさらに整理し、ケースが入るスペースを作る。縦向きに奥まで差しこむと、ザックの長さにほぼぴったりだった。

「さすが、お役所仕事。こういうところはきっちりしてんだな」

ザックを閉める。必要最低限にしぼり、重さはギリギリ二〇キロといったところか。

「準備完了。やって下さい」

倉持の声と共に、原田は車をスタートさせた。到着時間の調整だろう、さっきよりもかなりスピードを落として走っている。

それきり、原田は口を開かなかった。

新穂高温泉郷に到着したのは、夜が明けきったばかりの午前七時十五分だった。ロープウェイ乗り場の前を過ぎ、一気に駐車場まで入っていった。どこに監視の目があるか判らない。倉持は身を低くして、息を殺す。

駐車場の雪はさほどでもなく、車もかなり駐まっている。こちらとしては、好都合だった。

一番奥の目立たない場所に、原田は車を入れた。

原田はエンジンを切り、大きく深呼吸をする。

「さてと、ここからは別行動です」

シートベルトを外し、身を縮めている倉持を振り返った。

「無事生還を祈ります」

「ああ。下りてきたら、深江と一緒に一杯やりましょう」

「楽しみにしています」

原田はドアを開ける。暖まっていた車内に、寒風が吹きこんできた。

外に出た原田は、もうこちらを振り返ったりはしない。雪を踏みしめ、遠ざかっていく。

ゆっくりと頭をもたげ、窓から彼の後ろ姿を見送る。

駐車場にも監視者はいるだろう。いま、そいつの目は原田に注がれているはずだ。まだしばらくは、身動きが取れそうもない。原田の姿が登山口の先に消えると、倉持は体を丸めたまま、薄く目を閉じた。

フロントガラスを通して見える空は、雲一つない。ガスの一つも出てくれた方が、有りがたかったんだけどな。

天気との相性は、あまり良い方ではない。ピークでは展望を眺めることよりも、冷たい雨に降られながら恨めしく空を見上げることの方が多かった。

まもなく、登山口から二人の男を伴《ともな》い、原田が戻ってきた。原田は気さくな調子で何か喋っているが、従う二人の表情は硬い。

状況は推察できた。あの二人は深江を狙う一味だ。穂高岳山荘付近を「封鎖」するため、一般登山者を追い返す役割を担っているに違いない。二人は防寒着を着こみ、ブーツ、手袋、ヘルメットをつけている。

倉持たちが考えた通り、登山道を少し入ったところで待ち伏せ、道が通行不能とでも言って登山者を追い払っているに違いない。

この時期、穂高を目指す登山者はそれほど多くはない。二、三日であれば、何とかごまかすこともできる。もし、言うことを聞かない登山者がいれば、最悪、西尾根のどこかで遭難したことにされるだろう。

もっとも、相手が警察官であった場合は、事情が異なる。

二人に止められた原田は、身分証を示し、詳細な説明を求めたのだろう。そのため、いったんロープウェイ乗り場下にある、登山指導センターへ行くよう指示したに違いない。

駐車場の入り口付近に駐まった車のドアが開き、セーター姿の男が一人、下り立った。観光客にしか見えないが、男はじっと原田たち三人の背中を見つめている。

駐車場の監視人はヤツか。

突然、登山道を離れた二人に驚き、状況を掴もうと車を下りたのだ。男はそのまま、施設に入っていく三人の後を追う。

今だ。

倉持は車を下りると、後部シートのザックを背負った。ショルダーベルトがぐっと肩に食いこむ。黒色のハードケースが頭をよぎった。

あんなもん入れるから、重くなるんだよ！

幸いまだ、駐車場に人気はない。車の陰を選んで通りつつ、登山道へと飛びこんだ。

人通りが少ないせいもあり、雪がしっかりとついている。道の真ん中の雪が乱れているのは、見張りの男二人と原田が往復したためだ。倉持はその上を早足で進んでいく。歩くこと十五分ほど、足跡が途切れた。原田はここで、見張りの二人と遭遇したのだ。

幸い、しばらくはルートを外し、脇の茂みの中を抜けていくことができる。道に足跡を残すことはない。脇道を進み、頃合いを見て、本道に戻ればいい。

茂みをかき分けながら、歩く。既にじわりと汗ばんでいた。

二十分ほど進み、本道に戻った。ここからなら、足跡がついたとしても、すぐにばれることはないだろう。

木々に囲まれ展望はよくない。時刻は午前八時前。あと四時間ほどで、倉持の不在が敵の知るところとなる。

たかが四時間、されど四時間だ。

距離と高度をどれだけ稼げるか。勝敗の分かれ目だった。

倉持はサングラスをかけると、気合いを入れ、雪の上を進み始めた。表面はサラサラだが、中は固くしまっている。体重で沈みこむこともなく、ラッセルの必要は今のところ、なさそうだった。

倉持は今一度、空を見上げる。青く澄んだ空が、枯れ枝の間から見える。

「さて、今回はどうなんだ?」

倉持は山に語りかけた。

「おまえは、味方してくれるのか?」

突風で、小屋全体がビリビリと揺れた。蚕棚のようなベッドに横たわった植草は、薄く目を開く。

移動の疲れもあって、ぐっすりと寝こんでしまった。

「何？」

どこかで熊本の声がする。

最近、少し耳が聞こえにくくなった。腕を伸ばし、肩から背中にかけての筋肉をほぐす。

室内はシンと冷え切っていて、実に心地がいい。

熊本の部下たちは全員、既に起きており、若い男は、相変わらずガスコンロにへばりついて、水を作っている。コッヘルを押さえる若い男のまぶたは、睡眠不足と疲労でしょぼついていた。

鬚面はその横で、できあがったばかりの水をさらに沸かし、インスタントコーヒーを作っていた。湯気をたてるコーヒーは、それだけでごちそうだ。ダウンジャケットの男が、自身のアルミコップにコーヒーを注ぎ、そこに砂糖を山盛り三杯入れていた。

そんな部下たちの奥で、熊本は誰かと携帯で話していたようだ。難しい表情で戻ってくると、なおもしばしその場で考えた後、冷たい目を植草に向けた。

「やっとお目覚めか」

時刻は七時半。寝坊したことは間違いない。

「すまない。夜中あんまり眠れなかったんだ。歳なんだから、勘弁してくれ」

熊本は部下が持ってきた砂糖入りのコーヒーを受け取ると、音をたてずにすすった。その目は既に植草から離れ、曇りを拭き取った窓に向いている。

窓の外には青い空が広がっている。

コッヘルに入れた雪をスプーンで砕きながら、若い男が言った。

「天気は良好。絶好の狩り日和《びより》じゃないか?」

植草は薄く目を閉じてつぶやいた。

「それはどうかな」

「何?」

男は挑みかかるように目でこちらを睨む。

「どういうことだ?」

「条件は五分と五分。こちらが狩り日和ってことは、向こうにとっても狩り日和ってことだ。そいつを忘れると、痛い目に遭う」

「当たり前のことをもっともらしく言うんじゃねえよ、爺《じい》さん」

「晴れて風もない、見通しのいい日は、猟が難しい。鹿に近づくことすらできん。すぐに気配を悟られるのさ。向こうの方が遥かに鼻や耳が利く。こっちの居場所なんて、すぐに悟られる。いつもの猟場に着いたときは、何もおらん」

「俺たちが相手にしてんのは、鹿じゃねえ、人間だ。俺たちと同じ、人間だぞ」

「どんな相手なのかにもよる。相当な手練れなんだろう? あんたらが、これだけの人数で、これだけの武器を持って、今も姿すら捉えられん。あんたらがマヌケというよりは、向こうが一枚上手なんだろう」

「何だと、じじい」

銃の手入れをしていた兄弟二人が、勢いよく立ち上がった。

ちょっと物言いが直接的すぎたかもしれない。悪い癖《くせ》だと自覚しているが、なかなか改めることができない。猟師仲間の若い者たちにも、植草は常に厳しく応じた。それが、彼らの命を守る最上の策だと考えていたからだ。そのときの想いが、今も抜けない。

ここにいるのが何者なのか、知る由《よし》もない。見たところ、親しくしたいとは到底思えぬ者たちばかりだ。それでも、やはり、無為に死んで欲しくはない。

なおも何か言い募ろうとする若い男を制して、熊本が前に進み出た。

「言い方は気に入らないが、あんたの言う通りだ。だからこそ、あんたは今、ここにいる」

「さっきの電話、えらい剣幕だったが、何かあったのかい？」

「下にいる連中からだ」

一般人の侵入を止めるため、入山口から続く林道に、工事作業員姿の仲間を二人立たせ、登山者が来た場合、適当なことを言って追い返す――。熊本からはそう聞いていた。

熊本の様子からして、何か不測の事態が起きたようだ。

「長野県警の遭難救助隊が来たそうだ」

「長野県警？　どうしてまた？　ここは岐阜県警の管轄だろう？」

「県またぎで活動できる特別部隊なんだそうだ。定期的なパトロールらしいが……」

「それで？」

「説明を求められたんで、登山センターまで戻り、雪崩の危険があるので通行を制限している旨を伝えた。あの辺の道は擁壁《ようへき》工事などで通行が制限されたりもするし、実際、大きな雪崩が起きて通行止めになったこともある」

「だが今年は雪がそれほど多くない。それに、雪崩なら県警の方で把握しているだろう。工事の現場を見せろとは言わなかったのか？」

「別段、そんな話にはならなかったらしい」

「隊員は、誰かに連絡して確認を取らなかったのか？」

「ああ。説明に納得して、そのまま車で帰っていった」

植草の中で、腑《ふ》に落ちない何かがあった。それは熊本も同じであるようだ。

なぜ、このタイミングで隊員がやって来たのか。遠い道をわざわざやって来たのに、なぜ説明を受けただけであっさり帰っていったのか。疑問は尽きない。

植草はきいた。

「見張りとして下にいたのは、その二人だけなのかい？」

「いや、新穂の駐車場にもう一人。観光客に紛《まぎ》れこませてある。念のために」

「二人が警備隊の相手をしていたとき、そいつは何処で何をしていたんだい？」

「気になったので、登山センターのそばで、ずっと様子を見ていたと言っている。何事もないと判って、すぐ持ち場に戻ったそうだ」

「なるほど」

「あんたの言いたいことは判る。その間、駐車場から林道入り口にかけて、監視の目がなかった」

「林道に入りこもうと思えば、できる」

熊本は腕を組み、言った。

「なら、どうする……？」

上目遣《うわめづか》いに、意見を求めてきた。植草は首を左右に振った。

「オレなら、何もしない。そもそも、何かやろうとしても、できることは何もない」

見張りが持ち場を離れた隙に、敵の仲間が山に入った——。熊本はそう確信している。だが、それを口にだすようなことはせず、ただわずかに首を捻《ひね》ってみせただけだった。

口にすれば、部下たちは火がついたように騒ぎだす。うろたえれば、不安にかられ弱気になる。

相手はその瞬間を見逃さないだろう。

植草は思う。もしかすると、敵はその瞬間を待っているのかもしれない。姿を隠し静観を続けているのは、焦《じ》らし、恐れを生み、混乱が生じるのを待っているためだ。

残念だが、そうはいかない。リーダーの熊本は、その程度の策にはまるほど愚かではない。

植草は熊本に言った。

「すまないが、この辺りの地形や登山ルートについて、教えてくれないか。有名な山なんだろうが、登山には縁が無くてね」

「それを知って、どうするつもりだ？」

「獲物の動きを知りたいからさ。追い詰められれば、相手は当然、山を下りようとする。そうなったとき、道を知らんようじゃ、話にならんだろう」

熊本は、シュラフの脇にたたんであった登山地図を開く。

「入山口の新穂高温泉は……」

「その前に」

「何だ?」

「その温泉からここまで、どのくらいの時間がかかる?」

「一日では到底無理だ。それなりの技術を持った者でも十時間以上」

「そう……」

「なぜ、そんなことを?」

「いや。ヘリであっという間に上がってきたから。山登りって、大変なんだな」

熊本は薄い唇を緩め、続けた。

「新穂高温泉から蒲田川右俣《みぎまた》林道を通って白出沢《しらだしざわ》の出合《であい》まで行く。ここまで約三時間ってところだ」

「見張りを立たせていたのは、林道の入り口辺りだな?」

「ああ」

仲間を助けに来るほどの男だ。それなりに山の技術はあるのだろう。となれば、いまごろはその林道をけっこうなスピードで進んでいるに違いない。今から見張り二人が追いかけたところで、返り討ちに遭うのが関の山だろう。

「天気の方はどんな具合だい？」

熊本は携帯に目を落とした。

「昨日までの予報と変わりなしだ。今日、明日は晴天。明日夜半から崩れて、明後日以降はしばらく荒れる」

「なるほど」

その後、簡単なコース説明を聞き、植草は立ち上がった。

「どこへ行く？」

「外だよ。獲物の気配を探る」

植草の何気なく言ったひと言が、小屋の空気を変えた。さっきまで小馬鹿にした視線を送っていた男たちが、さっと目を伏せ、押し黙った。

通路の熊本は、無言で身を引いて道を譲ってくれた。

植草にはなぜ、彼らが変化したのか、よく判らない。銃を持ち、獲物を撃ちに行く。ほぼ毎日、やっていることだ。もっとも、植草はいつも一人だ。彼がどんな顔をして銃を持ち、小屋を出て行くのか、教えてくれる者もいない。

ドアを開ける。冷たい風は、人の心を打ち砕く。植草は長年、そんな風と戦ってきた。それにしても、ここの風は特別だ。こんなにも澄み切った、清々《すがすが》しい風を植草は知らない。そして、これほどに人の心を蝕《むしば》む風も。

植草はゆっくりとドアを閉める。

アイゼンをつけ、毛糸のバラクラバで顔を覆《おお》う。そしてサングラス。熊本の言う通り、山の日差しは、猟場の低山とはわけが違った。外したまま歩き回っていたら、雪目にやられ、狩りどころではなくなっていただろう。

階段を下り、雪の上に立った。昨日と同じ、圧倒的な景色だった。眼前の涸沢岳を中心に、特徴的な形をした様々なピークが紺碧《こんぺき》の空の下に連なっている。付け焼き刃の知識しかない植草には、そのどれに名前があるのかすら判らない。それでも、山々が醸《かも》しだす神々《こうごう》しいまでの美しさに、植草は息をするのも忘れ、見とれていた。

奥穂高岳の横にそびえる巨大な岩峰がジャンダルムと呼ばれていることは、熊本に聞いた。しかし、人のつけた名前にどんな意味があるというのだ。

小屋の前を離れ、涸沢岳がそびえる北側を少し歩く。熊本が見ていた地図を思いだしながら、一帯の地形を確認していく。

涸沢岳からは北東に北穂高岳に向かう尾根と、蒲田富士方向に向かう尾根が分岐している。蒲田富士からさらに北西方向に延びていく尾根が、涸沢岳西尾根。冬季奥穂高岳登攀のメインルートだ。

植草の読み通りであれば、敵の救世主は、そこを登ってくる。

植草は岩の一つに腰を下ろし、西尾根から涸沢岳を俯瞰《ふかん》した。

予報を信じるのなら、相手は明日までに決着をつけようとする。となれば、蒲田富士手前でのんびり一泊なんてやっていられない。死に物狂いで登ってくるに違いない。もしかすると、夜を突いて涸沢岳まで登り、潜伏中の敵と合流する――。

しかしそれは、あくまで机上の空論に過ぎない。経験はないが、想像くらいできる。この三〇〇〇メートル近い標高で、夜間の単独登攀がどれほど危険なことか。

一か八か。救世主は、分《ぶ》の悪い賭《か》けに挑もうとしている。

植草は涸沢岳に目を転じた。

潜伏中の敵もジレンマを抱えているはずだ。今日は好天。移動するならば、今日だ。だが一方、見通しも利く。もしいま、尾根上に敵の姿が現れれば、確実に仕留める自信が、植草にはあった。手練れでもある敵が全く動かず身を潜めているということは、怪我をしているか、抵抗するだけの武器がないか、あるいはその両方かだ。

そして明後日になればしばらく続く荒天がやって来る。その時点で山に取り残されれば、もはや生き延びる術はない。

敵の望みは一つ。彼の救世主が自身の潜む場所まで到達し、食料、そしておそらくは武器の補給を行うこと。

もしその望みがかなうのであれば、勝負は明日、天候が崩れ始める前となるだろう。

しかし、その可能性をつぶすことは容易だ。

涸沢岳に至る道をしらみつぶしに当たり、敵をあぶりだすことはできる。また、やってくる救世主を待ち伏せし、片付けることもできる。

とはいえそんなことをする必要がどこにある。植草は足下の固い雪をかかとで蹴《け》る。

放っておくのが一番なのだ。そうすれば、彼らは自滅する。

しかし……。

熊本たちは、納得しないだろう。熊本には、敵に対する私怨《しえん》があるに違いない。だが単独でここまでのことをする力は彼にはない。そこで、スポンサー兼黒幕の存在が必要となる。つまり彼らには、獲物のクビが必要なのだ。たしかに狩ったという証《あかし》が。それを黒幕に進呈することで、初めてこの仕事は終わりを迎えるのだ。

放っておけと言ったところで、聞く耳を持つヤツはいないか。

とりあえず、この一帯を探すふりだけでもするべきか。通り一遍の捜索で、見つかるはずもない。無駄ではあるが、それで彼らを納得させられるのなら……。

段取りを組み立てているとき、ふと感ずるものがあった。目を凝《こ》らしたところで、眼下に広がる広大な雪景色に変化はない。

植草は膝立ちになり、神経を集中する。いま自分は何を見たのか。はっきりと目視できるものではない。感覚だ。感覚で何かを見たのだ。

やはり、いるな。

涸沢岳頂上付近。姿こそ見えないが、気配を感じる。昨夜、光を見た地点だ。

植草にためらいはなかった。冬季小屋の前に戻り、ドアを強く叩《たた》く。

鬚男が不機嫌そうな顔を見せた。

「何だ？」

「見つけた」

「あ？」

植草は構わず、銃を手すりに固定しているロープを外した。銃を持ち、一人、階段を下りる。

行くか。植草は腰をかがめた。歩むルートは既に見えている。

雪原で獲物を仕留めると、飛び散った赤い血が華のように広がっていくことがある。

冬華《とうか》と、植草は名付けていた。

今日も一つ、見事な華を咲かせてみようじゃないか。

十一　遭遇

白出沢出合までは思いのほか、楽に進むことができた。新穂高を出発したのが七時すぎ、現在が九時十五分だから、参考時間を大きく上回るペースだ。

背後を気にしながらの歩行だった。人の気配はなく、どうやら潜入の第一段階は成功と見ていいだろう。気になるのは原田の安否だが、少々怪しいところがあったとしても、あれだけの人目のある中で、現役の警察官に危害を加えるとは考えにくい。敵はほんの数日、穂高岳山荘を孤立させたいだけだ。下手な騒ぎを起こせば、かえって自身の首を絞めることになる。

希望的観測も多分に入ってはいるが、原田は無事、下山したと倉持は思っていた。いや、思いたかった。

さて……。

十分の休息の後、アイゼンを装着、立ち上がりザックを背負い直す。遠くに見えた北穂高らしき山影も、いまは樹林の向こうに消えている。

雪に半ば埋もれた登山道案内の大きな木製看板を横目に、尾根へと取りつく。いよいよ、本番だ。白出沢を飛び石で渡り、目印となるトウヒの木を見て、針葉樹林帯に入る。緩やかな登りから始まるが、トレースはほとんどない。深江を狙う者たちが何人で登ったのかは判らない。大人数ではないにしても、それなりの痕跡は残っていたはずだ。しかし、一昨夜の雪でそれらはあらかた消されてしまったようだ。

ラッセルを強《し》いられるほどではないが、踏みこむとサクサクと小気味良い音をたてる新雪が、目の前の斜面全体を覆《おお》っていた。

静かで、沢の音をのぞけば、枝から雪が落ちるカサカサという音くらいしか聞こえない。

ルートはほぼ真東に向かっている。傾斜は徐々にきつく、雪質も固くなっていく。滑落《かつらく》の心配などはまったくないが、つま先を蹴《け》りこみ、一歩一歩、確実に登る。

倉持の先行時間は残り三時間だ。十二時になれば、敵は何らかの手を打ってくる可能性があった。それまでに、どこまで高度を稼げるか。

焦りにかえって足が動かなくなった。知らず知らずのうちにオーバーペースになっていたようだ。息が上がり、汗が噴《ふ》きだした。

まず目指すのは一八〇〇メートルの台地。約一〇〇メートルの登りである。とはいえかなりの急登《きゆうとう》であり、精神的にもきつい。

頭では判っていても、心の内では軽いパニックを起こしていたようだった。

ひとまず足を止め、一息つく。

木々に遮《さえぎ》られ、上方を望むことはできない。

深江はまだ無事でいるのか。無事ならば、どこに潜んでいるのか。その位置が、自分に判るのか。

考え始めたら、きりがない。

ザックの横につけた伸縮可能なストックを伸ばし、使うことにする。

まったく、どこまでも厄介な野郎だよ。

つぶやきながら、再び登り始める。

時間がたち、疲労は溜《た》まれど、周囲の風景にあまり変化はない。白い雪と針葉樹林がどこまでも続いている。積雪量が多く、ここを一人でラッセルすることになっていたら――。そう考えると背筋が寒くなる。

歩き始めて一時間、ガーミンのGPS専用機で現在地を確認する。目標とする標高二四〇〇メートル地点はまだまだ先だ。

西尾根はバリエーションルートであるから、標識などはいっさいない。それでも、過去に登った登山者たちがつけた赤いテープが、木の枝で揺れている。一方、雪面に何らかの痕跡がないかと注意を向けるが、足跡一つ、わずかなトレース一本、見つからない。

一昨日までの雪が、すべてを隠してしまったようだった。振り返れば、倉持が歩んできた跡が、雪面にくっきりと残っている。

追っ手が来れば、道を間違える心配はないか。

余裕があれば、わざと異なる方向に足跡をつけたり、本来の足跡を消したりと様々な工作も可能だが、今はとにかく、高度を稼ぐことが肝心だった。

一時間半で一八〇〇台地に到着。休息を取った。固くなった羊羹を嚙みしめ、栄養食のゼリーで流しこむ。水を少し口に含み、足の状態を確認する。

若干の張りはあるが、まだまだ行ける。

立てたストックに手を伸ばしたとき、かすかな音がした。また枝から雪が落ちたのか。いや違う。ここまで似たような音を何度も聞いた。あれは、撃鉄《げきてつ》を起こす音だ。

倉持は頭から地面に転がり、傍《そば》にあった木の陰に飛びこんだ。

乾いた銃声が響き、ストックが消し飛んだ。寸前まで、倉持が立っていた場所だ。

正確な銃撃だった。

なるべく身を低く、地に顔を押しつけて這いつくばる。凍《い》てつく雪の感触に顔をしかめつつ、上方の斜面をそっとうかがった。

どういうことだ？　こんなところに敵がいるだなんて、聞いていないぞ。

二〇メートルほど先の木陰に、人影らしきものが見えた。

初弾を外し動揺しているのか、慎重にこちらの出方を見守っているのか。おそらく後者だろう。敵はそれなりの腕を持ったプロのようだ。闇雲に突っこんできたりはしない。

背中の武器が何とも恨めしかった。実際に見たわけではないが、あのケースに入っているのは、銃に違いない。だが武器はあれど、使う術を知らない。

倉持は雪面に顔を押しつけたまま、銃撃で消し飛んだストックの先端を見やる。

そう、ヤツの銃撃は正確だった。倉持がとっさに身を伏せたせいではあるにせよ、本気で殺そうと狙っていれば、第一弾を外すとは考え辛かった。

倉持は膝を立て、ゆっくりと立ち上がった。両手は高々と挙げておく。

「えっと……あの、何なんですか、あんた」

泡を食った顔で、男のいる方向を見つめた。

シラビソの葉の合間から、黒い影が音もなく滑《すべ》り出てきた。バラクラバをかぶり、のぞいているのは、冷たく光る目だけだ。手にしているのは銃身の短いシルバーのリボルバーだ。濃紺のインナーの上にブルーのウェアをはおっている。ジッパーを外しているため、肩からかける形のホルスターが丸見えだった。アイゼンをつけ、歩き方を見るに雪にも慣れている様子だ。しっかりとした足取りで、こちらに近づいてくる。

スリップなど期待しても、無駄ってことか。

倉持は落ち着きなく、周囲を見回しながら、言葉を継いでいった。

「そ、それって銃？　あんた、もしかして、猟師か何か？　ちょっと、それなら、その銀色のヤツ、こっちに向けないで……」

「口を閉じろ」

バラクラバの中から、くぐもった低い声が聞こえた。男は倉持と二メートルほどの間隔を取り、首のあたりに銃口を向けた。

不意の反撃を食らわぬ距離。動きがあれば、一発で仕留められる場所。

倉持は恐怖に竦《すく》んだ。もはや演技の必要はなくなった。

「そ、そんなもの、向けないでって……」

「どうやってここまで来た？」

「どうやってって……歩いてに決まってる」

「途中で誰かに止められなかったか？」

「……いや」

男の舌打ちが聞こえた。

「それって、どういうこと？　今日って、入山しちゃ、いけない日だった？」

男は答えない。

迷っているな。倉持は当たりをつける。今すぐ、下の見張りに確認すべきか。あるいは、上にいるであろうリーダーに連絡を取るか。

倉持はあえて甲高《かんだか》い声で言った。

「あの、下りろっていうならすぐ下りるから。何にも喋らない。だから……」

男はため息交じりに、半歩、脇に退《ど》いた。銃を構えたまま、顎《あご》で「登れ」と示す。

倉持は首を左右に振る。

「いや、いやだよ。もう下ろしてくれよ。頼むよ」

男は無言で銃を構えなおした。

倉持は唇を震わせながら、雪の上を進み始める。男を追い抜くとき、彼の銃はすぐ目の前にあった。一か八かで組み付けば……そんな衝動も起きたが、何とか抑えこむ。相手もその程度の覚悟はしているだろう。倉持に勝機はない。

雪を踏む力ない音だけが響き、倉持はトボトボとトレースを踏んでいく。左右にはダケカンバやシラビソの木々。展望はなく、両肩にかかるザックの重みがひどく堪《こた》えた。

男はやはり二メートルほどの距離を取りつつ、無言で後をついてくる。ザックの中身に興味を持たないことを祈りつつ、倉持は登り続けた。

緊張のため、首筋が汗ばみ始めたころ、男が低い声で言った。

「止まれ」

周囲は相変わらずの樹林だが、やや傾斜のなだらかな場所だった。

男はルートを外れ、斜面に足を入れる。はまりこむほどの積雪ではない。さらによく見ると、うっすらとではあるが、林の中に細いトレースがある。通ったのは二人、もしくは三人といったところか。

銃を振って、こっちへ来いと合図する。倉持は手を挙げたまま、従った。男の目が大きく膨らんだ倉持のザックに留まった。

「大荷物なんだな」

「パッキングが下手くそなもんで」

「新穂高温泉までは、何で来た?」

「車ですけど……」

男の眉間に薄く縦皺が寄った。

「ザックを下ろせ」

「え？」

「中身を見せてみろ」

「中身……って、そんな別に……」

「いいから、見せろ！」

冷たい銃口が、額に押しつけられた。

「頭を吹き飛ばしてから、ゆっくり調べてもいいんだ」

おまえはいま、それができないでいる。倉持はゆっくりとした動作でザックを下ろしながら、相手の挙動に目を配った。

涸沢岳西尾根の往復は、通常、三泊四日だ。蒲田富士手前でテント泊、涸沢岳を越え穂高岳山荘で一泊、奥穂高のピークを踏み幕営地《ばくえいち》まで下りて一泊。倉持のザックは大きすぎる。

ザックの天蓋に手をかけようとした倉持を、男が突き飛ばした。

銃口をこちらに向けたまま、天蓋を開ける。中にある小型ナイフを、男は得意げに取りだした。

「こんなことと思ったぜ」

さらにザック本体を開けようと手を伸ばした男に、倉持は言った。

「水を……飲ませてくれませんか。サイドポケットに……」

男は無視しようとしたが、「頼みますよ」という倉持の哀れな声に再び手を止めた。

舌打ちとともに、ポケットを開ける。ワインレッドの光沢《こうたく》を放つスキットルボトルが転がり出た。男は乱暴にそれを取り、こちらに放り投げた。

「すみません」

倉持はボトルのキャップを取る。一方の男は、本体内に手をつっこみ、中身を探っていた。どうやら、例のケースに気づいたらしい。

「何だ、これは？」

倉持はボトルの中身を、男にぶちまける。赤い水が飛び散り、男は叫び声を上げながら、目を押さえた。唐辛子《とうがらし》入りの目潰しだ。

原田の贈り物が、こんなにも早く役立とうとは。

男は倉持の気配を読み、必死に銃を向けようとする。

倉持は男の脇へと回り、右腕に組みついた。肘関節を決め、躊躇《ちゅうちょ》なくへし折った。銃が雪面に音も立てずに落ちた。倉持は男の目に裏拳を浴びせると、素早く背後に回り、右腕を首に回した。左右の手を組み合わせ、ゆっくりと締め上げる。

この半年、深江に手ほどきを受けた成果だ。実際のところ、深江の技は殺人技であり、彼がどのような心持ちで、またどうして倉持なぞに、自身のテクニックの片鱗《へんりん》を惜しげもなく見せたのか、今もって判らぬままだ。

寡黙《かもく》で心の内を見せない男。それが深江の本質なのだろうが、一方で、妙に人の好《い》い一面があり、本人も意識せぬうちに、それがちょっとした愛嬌《あいきょう》となっている。

冷徹な殺人者でありながら、どこか憎めない男――それが深江だった。

気がつけば、男は意識をなくしぐったりと雪面に横たわる。

バラクラバを取り、顔を改めたが、見たこともない男だった。

まずは雪面に落ちた銃を拾う。それをウェアのポケットに押しこむと、ぐったりとした男を担《かつ》ぎ、細いトレースを辿っていった。何となく、予感があった。シラビソの木々の間に、死体が二つ、転がっていた。共に男性で、首があらぬ方向にねじれていた。表情は恐怖に歪み、付近の雪面には、かなり乱れた跡がある。二人とも後ろ手に縛《しば》られてはいるが、かなり抵抗したのだろう。倉持は危うく彼らの仲間入りをさせられるところだったわけだ。

倉持は担いでいた男を雪面に放りだすと、死体を縛っているロープを解いた。ロープは、西尾根登攀のため、彼ら自身が持ってきたものだろう。

倉持には専門的な知識はない。彼らが死後どのくらいたっているのかは判らない。推測できるのは、彼らは二人の見張りをだし抜き、西尾根に入りこんだのだろう。そして、待ち伏せに遭い、ここまで連れて来られ、順番に殺害されたのだ。銃を使わなかったのは、痕跡を残さないためだろう。春になり死体が出れば、滑落か雪崩に巻きこまれたものとして処理される。

抑えようのない怒りが、倉持を貫いた。理由はどうあれ、どうすれば、まったく無関係な者たちの命を、こうも無慈悲に奪うことができるのだろうか。

倉持は反射的に銃を抜き、横たわる殺し屋に向けた。ここで男を消したとして、何の問題があろうか。敵の戦力を削《そ》ぐ意味でも有効だ。

引き金に力をこめる。

何をためらう必要がある。

怒りはふつふつとたぎるばかりであったが、指先に力は入らなかった。銃の重みを感じつつ、倉持は腕を下ろした。

考えれば考えるほど、怒れば怒るほど、自身がどす黒く染まっていくようだった。

半ば黒く染まりかけている人生ではあったし、灰色のままでいることへの後ろめたさも消えない。それでも、この男と同じ穴の狢《むじな》にはなりたくなかった。

倉持は物言わぬ二人を振り返る。

「すべてを片付けたら、また戻ってくる。もう少し辛抱《しんぼう》してくれ」

二人を縛《いまし》めていたロープを使い、彼らを殺した男を縛る。両手、両足を固定し、さらに、死体となった二人のザックで見つけた予備のロープを使い、シラビソの幹に固く縛りつけた。男はまだ意識をなくしたままだった。

このまま凍《こご》えて果てるもよし、逃げだして姿を消すもいい。

倉持は投げだしてあったザックを背負い直し、ルートに戻る。幕営地点まであとわずかだ。しかし、のんびりと休んでいる暇《ひま》はないようだ。

まもなく、倉持が自宅にいないことは露見する。あるいはそれを待たずして、下の見張り三人が異常に気づくかもしれない。倒した今の男も懸念材料だ。彼と連絡がとれないことで、上にいる敵がやって来る恐れもあった。

幸いにして体調はいい。

倉持は徐々に角度を増していく斜面を歩んでいく。雪の量が少しずつ増え、膝下辺りまで埋もれるようになってきた。いよいよ、ラッセルだ。

下半身に力をこめ、雪を蹴散らしていく。

巻き添えを食らって死んだ二人の若者のためにも、もう後には引けない。


ポケットに入れた弾丸の状態を確認し終えると、植草は薄く目を閉じた。

若い男は、相変わらず文句をつぶやきながら水を作っている。それに耳を貸す者は、無論いない。ある者はかじかむ手をカイロで温め、ある者は冷気で固くなったキューブ型のチョコをガリガリと歯で砕いていた。

そんな中、熊本は携帯を耳に当てたまま、険しい表情をしていた。

「連絡がとれない？　詳しい状況は判っているのか？　入山した二人を始末して一度下山する、そう連絡してきたんだろ？　それがまだ下りて来ないか……」

熊本はいったん携帯を耳から外し、唇を噛んだ。そんな熊本の態度に、小屋内の空気がピンと張り詰める。若い男の不平もぴたりと止んだ。

ほかの者と違い、常に冷静な熊本は大いに狩り向きと言える。ちょっとしたことで熱くなったり慌てたりしていては、到底、猟師は務まらない。獣は、神経質で臆病《おくびょう》だ。こちらがカッカすれば、すぐに気配をさとられる。

だが、冷静な分、慎重すぎるきらいがあった。

植草は熊本に背を向け、ため息をつく。グズグズしていては、絶好の機会を逃してしまう。あのときすぐに行動を起こしていたなら――。尾根上で気配をのぞかせたとき、相手は無防備だった。昨夜の光と同じく、よもやその微かな気配を読む者がこちらにいるとは、思わなかったのだろう。

人は完璧を続けることはできない。ずっと呼吸を止めていることができないのと同じだ。どこかで息継ぎをしなければ、命を保てない。完璧な男の一瞬の息継ぎを、植草は見逃さなかった。今ならば、相手の虚《きょ》をつける。

しかし、熊本はそれを許さなかった。西尾根にいる別働隊から連絡が入っていたからだ。

熊本の低く冷たい声が、小屋に響いた。

「その救助隊の男、原田か？　身元は確認したのか？　した？　確かに本物だと？　だが、タイミングが気になる。おまえら、白出沢まで行って、自分の目で確認してこい。すぐにだ」

有無を言わせぬ調子で伝えた後、熊本は通話を切る。

植草はゆっくりと立ち上がった。熊本と目が合った。

「俺は行くよ。こんなところにいても、獲物は獲れん」

熊本の表情に微かな迷いがよぎる。植草は続けた。

「狩りたいのなら、行かせろ。今すぐだ」

熊本の沈黙に許諾の意を感じた植草は、ドアを開けた。風は治まる気配もなく、刃のような寒風がむきだしの頬を刺した。

空は明るく、濃紺の色合いを放っている。足元にある赤い屋根、雪に埋もれた小屋の屋根が、太陽の光を浴び、鈍《にぶ》く反射していた。

防寒着のため、寒さはほとんど感じない。やはりやっかいなのは、この手袋だ。銃の取り回しがほとんどできない。

アイゼンをつけ、銃を取り、階段を下りる。一連の動作にももう慣れた。

雪面に立つと、獲物を前にした高揚感に包まれる。

涸沢岳のピークとそこから左右に延びる尾根。蒲田富士へと続く切り立った尾根に、植草は再び神経を集中した。

さっきとは違い、生命の気配など微塵も感じられなかった。

上手く隠したか。

植草は内心、舌を巻いていた。

これは強敵だ。野生動物に比べ、人など大したことないと舐《な》めていたが……。

植草は自身を戒《いまし》める。山で油断は禁物だ。ウサギ一匹にも全力を傾ける。

ウサギのイメージがふと病床に横たわる息子と重なる。集中が削がれた。

踏みだそうとした足を止める。植草はゆっくりと呼吸を整える。

冷静なつもりでも、今回の相手はいつもと違う。意識していないつもりでも、心の内に高ぶりがある。吹きさらしの尾根の上で、植草は無防備の状態で固まっていた。

ドアの開く音がした。目を向けるまでもない、荒っぽい動きはあの鬚面のものだ。

「二人、連れていけ」

鬚面の後ろから、兄弟二人が姿を見せた。同じ顔に不遜《ふそん》な笑みが張りついている。

植草はため息をつく。

「一人で、行かせてくれないか」

「ダメだ。おまえはヤツに近づくな。遠くから……」

ライフルを構える仕草をして、鬚面は「シュッ」とかすれた声をだす。

「判ったな」

「それは、無理だ」

つい言葉が口を突いて出た。鬚面がドアに手をかけたまま振り返り、苛立ちと怒りの混じり合った、何とも凶悪な顔で見下ろしている。

「いま、何と言った」

「そのやり方では無理だと言ったのさ」

「おまえが口をだすことじゃない」

「あんたらはオレの腕を買ってここまで連れてきた。ここはオレのやり方でやらせてもらいたい」

「動物と人は違うだろ」

「オレにとって大して違わないことは、もう証明したけどな」

「これは本番だ。相手は見ず知らずの他人。一人じゃ荷が重い。二人を連れて行け」

「さっき無理と言ったのは、この二人を連れていかないって意味じゃない。この二人のことを心配して言ったんだ」

鬚面は、脇に控える兄弟二人と目を合わせると、三人同時に笑いだした。

「心配してくれてありがとよ、爺さん」

自分の腕に絶対の自信があるのだろう。兄弟は笑いながら、誇らしげに銃を掲《かか》げてみせた。

鬚面は少し機嫌が直ったようだ。

「どうしてそんなことが言えるんだ、爺さん。あんた、こいつらとは初対面だろ」

植草は答える。

「判るさ。人には器ってものがある。向こうにいるのは、大物だ。あんたら二人もそれなりの心得はあるんだろうが、無理だ」

三人はきょとんとした顔で、遥か向こうに延びる尾根を見やった。

鬚面が言う。

「念のためにきくが、おまえ、向こうにいる男が何者か、知ってんのか?」

植草は首を左右に振る。

「なら、どうして……」

「判るんだ」

「あん?」

「感じるのさ」

鬚面もため息をついた。もう相手にしていられないという顔つきだ。ハエでも払うかのように右手をヒラヒラさせると、兄弟に向かって、低い声で「行け」とだけ言った。ドアが音をたてて閉まる。

とたんに、風音が増したような気がした。兄弟二人は、上下とも黒の防寒着できめている。顔をバラクラバですっぽりと覆い、鏡のように光るサングラスをかけていた。見ただけでは、どちらがどちらか判らない。

手には小ぶりのマシンガンを持っている。植草から見ると、まるでオモチャだ。光沢のない黒色で、バナナのような弾倉が特徴的だった。

一人が言った。

「爺さん、判るか、ヘッケラー＆コックのMP7A1」

それを受け、もう一人も得意げに銃を掲げる。

「軽量でコンパクト。ただし、精度と威力は抜群。俺なら二〇〇メートル先の敵を狙える」

二人はぴたりと息を合わせ、歩きだした。アイゼンを装着し、歩行技術もしっかりしている。大口を叩《たた》くだけあって、山だけでなく、様々な地形、気候に対応する訓練を受けているようだった。

兄弟は、植草の存在など、端《はな》から無視していた。階段の降り口に立つ植草にわざと肩をぶつける。

「無駄足だったら、覚悟してもらうぞ」

植草を残し、二人は岩にへばりついた氷を蹴散らしながら、激しい横風の中を進んでいく。

植草はあえてしばらくその場に留まり、彼らとの距離を開けた。

忠告はした。耳を貸さなかったのはそっちなのだ。植草は自分の銃を持ち、その感触を確かめる。たしかに、今の自分には若干の不安が残る。不慣れな環境に初めての獲物。

あの二人には申し訳ないが、利用させてもらうとしよう。猟にも様々な形がある。餌をまきやってきた動物、鳥などを獲るもの。罠をしかける罠猟。

二人には餌と罠の両方を演じてもらおう。あわよくば仕留められる。万が一逃したとしても、二度目がある。動物は警戒心が強く、一度失敗すると、二度と同じ手は通用しなくなる。今回は幸いなことに人間だ。しかも、逃げ場を封じられ追い詰められている。一度目がダメでも、二度目を狙うチャンスは十分にあった。

先行する二人の姿は随分と小さくなった。頭上から照りつける日差しが、尾根伝いに巻き上がる雪煙をキラキラと染め上げる。

涸沢岳までの険峻な斜面を、植草は身をかがめながら、ゆっくり登り始めた。ゴツゴツとした岩稜帯の急斜面だ。岩に刻まれた階段を一歩一歩、登っていく感じだ。雪はほとんどが吹き飛ばされているが、固く凍りつき岩にへばりついているものもある。アイゼンをつけていても油断はできない。気を抜くと、氷に足をとられ、転倒する。

先行する二人は、気が逸《はや》るのか、かなりのスピードで登っていた。行程にして二十分足らず。

二人は涸沢岳のピークに到達し、植草のいる斜面からは姿が見えなくなった。

さて、どう出る……。

植草は足を止め、銃を抱きかかえるようにして、目を閉じた。気配を読む。風音が強く、いつもとは地形も違う。

それでも、長年培《つちか》った感覚は空気の微かな動きを捉えていた。

いるぞ。

植草はその場で斜面に腹ばいとなった。銃を構え、涸沢岳のピークに狙いを定める。遮るものは何もなく、日はまぶしいくらいに輝いている。

風向は北西、風力八メートル。気温はマイナス九度――。すべては体感だったが、さほどのずれはないはずだ。

残るは距離だ。もう少し近づきたいところだが、これ以上は危険だ。目測で約二〇〇メートルくらいか。ピーク上の様子はまったく見えない。

風がウェアの裾《すそ》をはためかせる。パタパタと音がして鬱陶《うっとう》しい。体をずらし、極力音を抑えた。ベストの位置に構えたら、後は動かない。引き金に指をかけたまま、地面と一体化する。

呼吸は浅く、一定のリズムで。気配を消す。そう、まるで眠っているかのように。

獲物を待つ間、植草は何も考えない。獲物のことも、自分のことも、すべてを空っぽにして、ただじっと待つ。唯一の感覚は、引き金にかかる人差し指のかすかな感触だけだ。

時間の流れも思考から押しだす。時間は人間の概念だ。動物を狙うときは、邪魔になる。

それでも、耳は音を拾う。風音以外聞こえないが、それでも空気が騒がしい。上で何かが起きている。

青い空を背景に、雪をいただいた涸沢岳の斜面は、眩《まぶ》しく輝いていた。

その頂《いただき》の一点に、黒く動くものが見えた。濃紺の防寒着に身を包んだ長身の男。先の二人とはまったく体格が違う。

男はひょいとピークから顔をだし、植草の潜む斜面を見下ろした。サングラスに日の光が反射し、鋭く光る。

引き金を引いた。轟音と共に、肩に衝撃がくる。

手応えはあった。だが……。

植草はなおも動かず、銃口をピークに向けたまま、待った。

自身の感覚が納得するまで、その場を動かない。

日が昇りきり、一帯の色合いに変化が生まれ始めていた。

植草は口を大きく開き、冷え切った空気を存分に吸いこんだ。胸を大きく膨らませた後、いったん四つん這いとなり、それからゆっくりと立ち上がる。同じ姿勢を保っていたため、体中が悲鳴を上げている。これだけの冷気であるから、なおのことだ。動き急いで肉離れでも起こしたら、目も当てられない。

一分、二分、時の感覚を取り戻すため、頭の中で三分数えた。そうしながら、足、手、首に血を行き渡らせる。そして最後は腰だ。両腕をぶらぶらと振って、腰をほんの少し捻る。臀部《でんぶ》から肩甲骨周《けんこうこつまわ》りまで、ぴりりとした痛みが走る。それが消えるまで何度も腕を回す。

立ち上がってから五分。植草は銃を片手に斜面を登り始めた。

敵が待ち構えている可能性は、考えていなかった。植草を殺す気なら、斜面に這いつくばっているときにいくらでもやれたはずだ。

自身の銃弾の結果に思いをはせる。

致命傷ではない。それでも、確かに命中した。軽症なのか、深手なのか、それは判らない。

植草は涸沢岳のピークに立った。

振り返れば、足元に雪をいただいた山荘の屋根が見える。傍の冬季小屋では、双眼鏡を手にした鬚面たちが、階段の中ほどから、じっとこちらを見上げていた。こちらを指さして何事か怒鳴っているが、むろん、声の聞こえようはずもない。

あんなことをすれば、敵にすべてを悟られる。

熊本はなぜ静観しているのだろうか。そもそも、冷徹で切れ者の熊本がなぜ、あんな連中を部下としているのだろう。

鬚面たちから目を外し、眼前にそびえる奥穂高岳の雄姿《ゆうし》を見つめた。

山そのものに興味はないが、この偉容《いよう》は言葉にすることができない。飲まれてしまいそうだ。

岩稜鋭い荒々しい姿ではあるが、山容にはどこか深みがあり、包容力すら感じられる。危険な魅力に取り憑《つ》かれた者たちを優しく誘《いざな》う――。言葉は悪いが、まるで誘蛾灯《ゆうがとう》のような魔力を秘めている。

自身も若い頃、この山容を目にしていたら、もしかすると生き方が変わっていたかもしれない。

山を根城にしていながら、こんな気分になったのは、初めてだ。植草は時がたつのも忘れ、奥穂高の姿を目に焼きつける。

腕にかかる銃の重みが、植草を白昼夢から引き戻した。山の魔力に、一瞬、心を奪われた。現実を確認するため、銃を引き寄せた。直接触れることはできないが、手袋を通して伝わる感触が、植草の心を冷やした。

ピーク上を見渡すが、人の気配はない。

不思議と今は風が止んでいる。平らなピークを進むと、岩陰に黒いものが見えた。手袋だった。熊本の部下が着けていたものと同じだ。植草は膝をつき、じっと辺りをうかがう。右手には北穂高に延びる尾根。前方は、蒲田富士に繋がる西尾根だ。

植草は立ち上がる。

違うな。手袋が片一方だけ、ここに落ちているのは不自然だ。

罠……ではない。それならば、植草はとっくに死んでいる。

時間稼ぎ。目をそらすため、わざと目立つところに置いたのだ。

植草はピークの端に立つ。男の影が過《よぎ》ったのは、ここだ。しゃがみこみ、雪面をかく。すぐに鮮やかな赤い模様が現れた。血だ。ごくわずかだが、白い雪面を染めている。

植草の銃弾によるものに違いない。期待はすぐに落胆へと変わった。この量では、大した怪我ではない。肩口をえぐった程度だろう。

さらに周囲の雪をかいてみたが、どこにも血の痕は残っていない。血が飛び散るのを防ぎ、同時に落ちた血痕を雪で覆い隠す。さらに、この場を離れる時間を稼ぐため、さっきの場所に手袋を置いた。

何とも恐ろしい相手だ。いったいどのようにして武装した二人の男を倒したのか。二人の遺体をどこに隠したのか。そして今、何処に身を潜めているのか。気配を探ったが、植草の感覚は何も捉えることができなかった。

また、あらためてやり合おう。

穂高岳山荘に向かって、植草は下り始める。

それにしても、これだけの腕と体力があれば、西尾根を下ることなど造作《ぞうさ》もないはずなのに。むろん、下山路にも敵は待ち構えているだろうが、難なく退《しりぞ》けられるはずだ。

男はなぜ、この場所に留まるのか。圧倒的不利な状況に身を置き、小屋の敵と対峙《たいじ》しているのか。

そこにどんな理由がある？

植草は小屋を見下ろした後、視線を上げた。奥穂高の勇壮な岩肌が迫る。

その理由というのは、あれか？

十二　日没

午後二時を回り、日の色が深みを増してきた。山には既に夕暮れの気配が漂い始めている。

倉持は、流れ出る汗を拭いながら、急登を進んだ。トレースなどの類《たぐい》は何もなく、一夜漬けで頭に叩《たた》きこんだ地図とＧＰＳだけが頼りだ。積雪は思ったよりも少なく、深くても膝より上に沈みこむことはない。それでも、体への負担は大きい。ここまで悠々《ゆうゆう》と稼いできた時間的優位を、すべて吐きだすことになりそうだ。

儀藤の言う午後〇時はとっくに過ぎていた。倉持が既に自宅におらず、行方をくらましたことは、相手にも知れ渡っているだろう。連絡は新穂高にいた見張りたちにも伝わる。恐らく、白出沢出合まで確認に赴《おもむ》き、そこに、目新しい足跡を見つけるだろう。

追って来るのは、恐らく三人。共に武装しているに違いない。荷物もない、身軽な男たちだ。まともに張り合ってもやがて追いつかれる。

倉持のつけ目は、日没だった。いかな男たちでも、暗闇の中、西尾根を登る無茶をするとは思えない。たとえ登ったとしても、ライトをつければ位置を悟られる。

闇が訪れるまでのあと数時間。休むことは許されなかった。一方でザックは、容赦《ようしゃ》なく肩に腰に食いこんでくる。

やがて、林の間になだらかな広場が現れた。急登の一部が階段状になっており、そこにわずかながら平坦な場所がある。二四〇〇メートル付近の幕営適地である。適地と言っても広さはそれほどではなく、テントはせいぜい数張りが限度だろう。周囲は樹林に囲まれており展望はほとんどないが、それでも木々の合間から笠ヶ岳《かさがたけ》などをのぞむことができる。

ここで一泊し、冬の空気を楽しみながら、明日の奥穂高に思いを馳《は》せる。

そんな山登りが、オレもしたかったよ。

独り言をつぶやきながら、倉持はいったんザックを下ろし、休憩をとった。気は焦るが、ここで無理をしてもはじまらない。テルモスの紅茶を飲み、羊羹を齧《かじ》る。足の屈伸、腰の曲げ伸ばしなどをして体をほぐす。昨夜、車の中で眠ったおかげで眠気やだるさはまったくない。夜通し運転してくれた原田に、心の中で感謝する。

ザックの脇に腰を下ろし、しばし、体の力を抜いた。

夢を果たせなかった、あの二人の若者の姿が、脳裏に浮かぶ。

深江、おまえはどうしてこの山に来た？　おまえが山に来なければ、彼らは死なずに済んだんじゃないか。

深江が今まで、どのような修羅場《しゅらば》をくぐってきたのか、倉持は何一つ知らない。深江が語ろうとしないからだ。

まあ、オレの人生だって、人に語れるようなものじゃないからな。

そう思って、あえてこちらから尋ねるようなこともしなかった。

それでも、深江の深く沈んだ目を見れば、おおよその想像はつく。

彼が他人を近づけず、時にわざと遠ざけるような態度を取るのは、つまり、こういうことを恐れていたからだろう。

深江は時々、自身のことを死神にたとえていた。常に死が身近にあり、死神の冷たく細い手は、深江の周囲にいる者にまで及ぶ。

倉持は荒い息の中で苦笑した。

だったらなぜ、オレの誘いに乗ったんだよ。

深江は数ヶ月の間、倉持と共同生活を営んできた。便利屋見習いとして地域に溶けこみ、「無愛想な男だよ」と苦笑されながらも、居場所を築いてきた。

まさか、オレなら巻き添え食らって死んでもいい――なんて思ってたんじゃないよな。

深江の心理はいまだ謎に包まれていた。

ザックを背負い、出発する。

そこからもしばらく、樹林内の急登が続く。展望もなく、精神的にも厳しい難所だ。周囲の景色に変化もないため、自分がどの辺にいるのかも、定かではなくなってくる。

時折、足を留めては背後の気配をうかがった。いまのところ、追っ手が迫っている様子はない。

出発から一時間半、二六〇〇メートルの森林限界までもうすぐだ。そうなればいよいよ、蒲田富士である。

日は遥か西に傾き、雪化粧した峰々をオレンジに染め上げる。こういう状況でなければ、ゆっくりと堪能《たんのう》したいところだ。さらに速度を上げ、ヤツらを引き離しにかかりたいところであったが、この辺りまで来ると雪はさらに深くなり、歩を進めるたびに、左右から雪がさらさらと足元に崩れ落ちてくるようになった。ラッセルというほどではないが、今までのようにがむしゃらに進むわけにはいかない。

二人を殺したあの男は、倉持を襲ったあたりで、一昨日からビバークしていたものと思われる。つまり、蒲田富士手前から涸沢岳までのルートは、一昨夜の積雪以降、通った者はいない。かなりの覚悟が必要ということだった。

倉持は腰の銃を意識する。ここで待ち伏せて追っ手を倒すことも考えた。

一か八か……いや、一にも届かない。〇か八かだ。到底、見込みはない。

それよりも速度を上げ、日没までに蒲田富士を越えてしまいたい。

日没後、暗闇の中で雪尾根を進むのは自殺行為でもある。つまり追っ手もまた、先に進めなくなるわけだ。

冬の日没は早い。瞬く間に空が藍色に変化していく。予想以上にペースが上がらない。このままだと、自身が雪尾根を通過できなくなる。

休みなく急登を進み続け、心臓はかつてないほど激しく鳴っている。太ももは張り、足先はヒリヒリとした痛みが走る。気温は低いはずだが、汗は止まらない。

頬を流れた汗が顎先からしたたり落ちる。それを拭い取る気力すらなかった。

いつの間にか、森林限界を抜けていた。横風が増し、フードがはためいて頬にへばりついた。顔を顰めながら、前方に聳《そび》える蒲田富士を見上げる。奥穂高の姿は見えず、これから歩んでいく尾根が遥か高みまで見通せる。目を転ずると、西穂高の稜線が夕日に浮かぶ。ギザギザとノコギリのようになった岩稜帯の尾根。雪すらよせつけない偉容は、倉持の足すらも止めさせた。

生きものの気配すらない稜線上の急登を、倉持は歯を食いしばり上がる。まもなく、厳しい登りはおしまいだ。新穂高温泉が約一一〇〇メートルであるから、既に一五〇〇メートル以上、登ってきている。途中、男に邪魔をされたりなどしたが、それも含め、十時間近く、ろくな休みも取らず上がってきた。

疲労と筋肉の痛みで、意識がはっきりしない。日が出ているとはいえ、このまま突っこむのはかなり危険だ。

倉持は膝に手を当てて中腰になると、自らの頬を張る。手袋のため大した刺激はないが、それでも、幾分、気持ちが奮《ふる》い立つ。

東京に戻ったら、一週間、いや、二週間、何もせず、寝転がって本を読む。仕事は全部、深江に任せて。

いつしか、V字型に切れこんだルンゼに入りこんでいた。本来ならロープを使うべきだが、生《あい》憎《にく》、儀藤のそろえた道具の中にはない。

「時間が惜しいから、一気に登れってことかよ」

独り言が口をついた。すべてを見透《みす》かした儀藤の手のひらで踊らされているような気分だった。

思い切って取りついてみれば、完全に氷結しているわけでもなく、足場も何とか確保できた。滑落《かつらく》への恐怖と緊張で、さっきまでの疲労もどこかに飛んでしまった。途中、岩の張りだしにザックをぶつけ、バランスを崩しかけた。アイゼンの歯が氷面を空滑《からすべ》りし、思わず叫び声を上げた。幸い、再度蹴《け》りこんだ歯が、氷に食いこみ、滑落は免《まぬが》れることができた。

ルンゼの中程で息を整える。日没の時刻が迫っている。

F沢のコルまでは無理としても、蒲田富士は何とか越えたい。そこから先は、追っ手の度胸次第だ。

気力を奮い立たせ、再び登攀を始める。

風に舞った雪がサラサラと両側から流れてくる。壁のごとく立ちはだかる岩壁は、終わりがないように思えた。このまま喘《あえ》ぎながら登っている間に、背後から追っ手に撃たれるのではないか。その恐怖が、倉持の尻を押す。何度も振り返りながら、ルンゼを一気に登り終えた。

呼吸を整えながら下を見ると、実際は大した長さではない。登っていたのはほんの数分だろう。落ち着いて確認すると、残置されたロープもある。

その場にへたりこみ、きっかり二十分の休息を取ると、再び歩き始めた。

木々は完全に姿を消し、尾根上に遮るものはなにもない。幸運にも風が弱まり、倉持は少しペースを上げることができた。展望を楽しむ余裕はない。ザックの重みに耐えつつ、やや前屈みに、自身の歩く数歩先の雪面を見ながら、細かなステップを刻んでいく。

ようやく、蒲田富士に到着した。富士と名がついていても、ピークに指導標があるわけでもなく、正直、これといった感慨はわかない。足を止めることなく進んでいく。

遥か前方には涸沢岳がそびえる。奥穂に至る通過点に過ぎない山とはいえ、雪をいただいた急峻な山には、圧倒的な存在感があった。ここから涸沢岳を望み、怖《お》じ気《け》づいた登山者もいたことだろう。

太陽は既に、峰の向こうに消えた。帳《とばり》が下りるように、空は色を無くしていく。闇が来るのは、早い。

倉持はこれから進むべきルートを確認するため、再び足を止めた。

ここから涸沢岳の取りつきまでは、瘦《や》せた台地状の地形となる。冬季は雪と風の影響で雪庇ができる。状況によっては左右両側に張りだすこともあり、慎重なルートファインディングが求められた。

誤って雪庇を踏み抜けば、今度こそ滑落は免れない。冬季の単独行だ。わずかな滑落でも命はないだろう。たとえ命を拾ったとしても、それは追っ手のヤツらを喜ばせるだけの結果でしかない。

相棒もなく、確保のロープもなく、この瘦せたプラトーを渡りきらねばならない。

事前に地形は頭に叩きこんであるし、それなりの経験もあるつもりだ。

迷っている余裕はなかった。迷いは怯えを生み、怯えはミスを誘う。ここでのミスは命取りだ。

日はまだ完全には暮れきっていない。雪庇の張りだし具合から、ルート判断をすることはできる。

とはいえ、トレースはなく、こんもりと雪の笠をかぶっている状態のプラトーは難敵だ。

風向きの方向などから北方向に雪庇はできやすいとのデータもあるが、それを頭から信じるのも危険だ。

ただ、北側の雪面の張りだしは、尾根の角度から見てもやや不自然であり、そこは避けるべきポイントであるのは明らかだ。

倉持は南側、右手にルートを取り、慎重に進み始めた。

視界の利かない中、ロープなしでのトラバースだ。横風が吹いただけで、倉持の体は奈落の底である。斜面上部に体重をかけ、下方はなるべく見ないよう心がけた。幸い、アイゼンがしっかりと雪面を捕らえてくれている。

距離にしてわずか数メートルのトラバースだが、足はなかなか前に進まない。今にも足下の雪が消えてなくなり、宙に放りだされるのではないか。緊張と恐怖が足下から突き上げてきた。呼吸のリズムが崩れ、息が上がってきた。全身で大きく息を吸おうとして、上体が揺れた。慌てて雪面に刺したピッケルに重心をかける。その場で止まり、何度か深呼吸をした。

泣きたいよ。

再び恐怖と戦いながら、足を踏みだす。

時間にして十五分ほどだろうか。涸沢岳にとりついたとき、倉持は膝をつき、しばし動くことができなかった。

まだ空はほんの少し、明るさを保っている。岩陰に身を寄せ、通り過ぎてきたプラトーを見やる。先は既に闇の中だ。ルート上にはヘッドランプなどの明かりは見えない。追っ手は追跡をあきらめたか、どこかで日の出を待っているか、暗闇のなかを密《ひそ》かに登り続けているか。

暗闇とはいえ、敵には倉持自身がつけたトレースという味方がある。何とも皮肉な話ではあった。

ただ、たとえそうだとしても、夜間の登攀は命がけだ。まして、明かりをつけられない状況では。

ならば、多少明るくなるのを待ち、一気に涸沢岳で追い詰めた方が確実だ。

倉持は全身をさすりながら、それが楽観的な見通しにすぎないことを悟っていた。もし倉持が追う立場であったなら、夜間の登攀に賭《か》けていただろう。相手が疲労困憊《こんぱい》して、夜通し歩き通すことができないと判っているからだ。

敵の中にも、そう考えるヤツがいるかもしれない。

人間、いい方にいい方に考えたくなるもんだからなあ。

腰にさした拳銃に触れてみる。この冷気の中、きちんと作動するか心許《こころもと》ない。第一、こんな分厚い手袋をしていたのでは、まともに抜くことすらできやしない。

ふっと意識が遠のいた。

眠るのはまずい。せめて、もう少し暖を取らなければ。ツェルトなどを張る余裕はない。だが、このまま眠りこけてしまい、急に風が強くなったら、あっという間に体温を奪われる。

倉持は這うようにして岩陰をさらに進み、上半身をなんとか押しこめるスペースを見つけた。ザックを抱きかかえるようにして、そのくぼみに納まる。

時刻は午後六時五分。周囲は完全な闇だ。

倉持は抗《あらが》うことすらできず、深い眠りに落ちていった。


午後六時過ぎ、冬季小屋周辺は闇に閉ざされているが、室内は電池式のランタンなどが持ちこまれ、まぶしいくらいに明るかった。

小屋にいるのは、熊本と彼の部下三人、そして植草だ。二人減ったおかげで、閉塞《へいそく》感がわずかながら減った。

部下三人の顔つきは暗く、若い男は緊張のためか顔が真っ青だ。

通路を挟《はさ》んで向き合う三人のことなど顧《かえり》みることすらなく、熊本はただ、曇ったガラス窓に目を向けている。

そんな男たちを、植草は寝間の一番奥で、冷ややかに見つめていた。

沈黙に耐えきれなくなったのか、ダウンジャケットの男が口を開いた。

「で、二人の姿は見なかったんだな」

植草は壁にもたれ、頭の後ろで手を組んでいた。そうすると、肩のこりがほぐれるからだ。

「何度も言っている。姿は見なかった」

「なら、どこに行ったんだ？　銃はどうなった？」

「知らんよ、そんなこと。そもそも、一人で行くと最初から……」

「仕留めそこねたくせに何を言いやがる」

「手傷を負わせた。日も暮れたし、勝負は明日だ」

「まあ、全員でかかれば、何とかなるとは思うけどさ。向こうは一人だし」

若い男がキンキンと声を張り上げた。

「気楽なこと言うな！　銃二丁がヤツの手に渡ったんだぞ」

「サブマシンガン二丁で何ができんだよ」

鬚面が低い声をだした。いまは迷彩柄のキャップを目深《まぶか》にかぶり、右手にはコンバットナイフを握っていた。側にある銃には手もつけず、うっとりとした目で刃先の照りを見つめている。

「装弾数は三十発。それが二丁で六十発。上手くやればあっという間に弾切《たまぎ》れだ。こんなこともあろうかと、予備の弾倉を持たせなかったのは、正解だった」

熊本が言う。

「サブマシンガンのことより、ヤツの相棒が気になる。姿を消してかなりの時間がたつ」

その言葉で、部屋の空気はさらに重々しくなった。

一番若い男が低い声で言った。

「それってまさか、こっちに向かってるってことですか？」

「恐らくな」

そうつぶやき、熊本はドアに一番近い棚に腰を下ろした。

「幕営地とも連絡が取れない」

「ヤツは銃の扱いにも慣れている。簡単にやられるタマではないはずだが」

答えたのは、鬚面だ。

「新穂の三人はどうしたんだ？」

「西尾根に入ると連絡があったきりだ。ヤツらはさほど山に慣れていない。無理をしすぎて、動けなくなっているのかもな」

「まったく……。もう少し使えるヤツらだと思っていたがね」

植草は言った。

「よければ状況を説明してくれないか。話を聞いているだけだと、よく判らない」

鬚面がにべもなく言い放つ。

「あんたは別に知らなくていいことだ」

「標的の相棒が山に入ったんだろう？　もしかすると、俺の獲物が二人になるかもしれないってことだ。話を聞いておく必要がある。それに、報酬のこともな」

迷彩キャップからのぞく唇の間から白い歯が見えた。

「たいした心臓だ。ここで金の話をだすとはね」

「一人と二人じゃ、大違いだからな。それに俺がここにいるのは、報酬のためだけだ」

鬚面は、ここからはあんたの領分だとばかり、熊本の方に顎をしゃくる。残る二人もうつむいたまま、顔を上げようとはしない。

熊本は言った。

「敵の相棒がこちらに向かっていることは確実だ。もしかすると、もうすぐ近くまで来ているかもしれん」

「そいつは使えるのかい？」

熊本は首を左右に振る。

「そこまでの男とは聞いていない。元は探偵だったらしいが、いまはただの便利屋だ」

「そんな便利屋が、あんたらをだし抜いて姿を消した。あんたらがマヌケなのか、その便利屋が思っていたより使えるヤツなのか」

「そうつっかかるな。実のところ、オレたちも実態を摑みきれていない。とにかく……妙な男らしい」

「そういうヤツが、一番油断ならないんだ。あんたの言う通り、いまごろはこっちに向かって……」

「うるせえ！」

若い男が、床にあった調理用のガスカートリッジを蹴り飛ばした。乗っていた空のコッヘルが飛び、壁に当たって派手な音をたてる。

植草はため息まじりに言う。

「かっとするのはよくないな。水作りはまだ終わってない。器具が減ると飯だって……」

「だから、うるせえって……」

鬚面が、もう一つ置いてあったガスカートリッジを素早くどけた。

「今度ばかりは、じいさんの言うことが正しい。飯は大事だぜ」

熊本はそんな様子を横目に、蚕棚に上がりシュラフにくるまると、目を瞑《つぶ》った。

「少し寝る。あとは任せた」

鬚面はガスカートリッジをそっと床に置き直すと、無遠慮に植草を見た。

「まだ、名乗ってすらいなかったな。オレは香川《かがわ》、右の若いのが福岡《ふくおか》、ダウンジャケットを着ているのが、宮城《みやぎ》だ」

「植草です。雇われて、ここまで来ました」

頭を下げる。福岡は無視。宮城は軽く会釈《えしゃく》だけ返してきた。

「ま、オレたちも雇われみてえなもんだから」

鬚面の香川は、手足をぐっと張り大きく伸びをした。

「明日には全部終わる。こんな山、早く下りたいね」

植草は言った。

「あんたらの名前、全部県名だな。ただの偶然か、それとも……」

「偶然のわけねえだろ。本名を言い合う必要もないし、適当に県の名前つけてんのよ」

香川はビニールに入った雪をコッヘルの中に入れる。

なるほど。それで熊本か……。

「便利屋の話、聞かせてくれないか」

「新穂高温泉から入りこんだって話だ。涸沢岳西尾根を登り、こっちに向かっている。尾根の途中で、俺たちの仲間、茨城《いばらき》だったかな、ヤツが一人で待ち伏せしていた。人殺しを何とも思わないサディストだ。ところが、なぜか昼過ぎからヤツと連絡が取れない。その後、新穂高温泉から仲間三人、鳥取《とっとり》、島根《しまね》、山口《やまぐち》が便利屋を追って尾根を登攀。一八〇〇地点で茨城と誰かが争った痕跡を見つけた」

「便利屋か？」

「多分な。ヤツは茨城を行動不能にして、登攀を続けた。茨城はその後、自分で戒めを解き、後を追ったと思われる。新穂からの三人はさらにその後ろを登っている」

香川は低い天井を見上げ続けた。

「その三人、茨城にも便利屋にも追いつけないまま、日が暮れてしまった。真っ暗闇の中、雪庇だらけの尾根を歩けるほどの度胸はない。蒲田富士の前で、みんな仲良くビバークだろう」

「彼らが追いつけなかったということは、その便利屋……」

「まさかとは思うが、日没前に蒲田富士を越え、涸沢岳の麓まで到達した可能性もある」

植草は頭の中で急ごしらえの地図を開く。

「蒲田富士から涸沢岳に繋がるあの痩せた尾根を、歩ききったと」

「最後に通ったのは、ここから下山していった茨城だ。ヤツのトレースは一昨夜の雪で消えている」

「トレースもない痩せた尾根を、日没前の不安定な中、渡りきったのか」

植草は熊本の背中を見る。ぴくりとも動かないが、眠ってはいない。じっとこちらの会話に聞き耳をたてている。

植草は言った。

「便利屋にしておくには、惜《お》しい」

香川はニヤリと冷たく笑う。

「ただのバカさ。奴の運命は二つ、いや、三つ。俺たちに殺されるか、凍《こご》え死ぬか、雪庇を踏み抜いて死ぬか」

本当のところ、植草も同意見だった。追っ手から逃げ、涸沢岳まで来たものの、結局は袋小路《ふくろこうじ》に追い詰められた。ヤツは今、進退窮《きわ》まっている……はずだ。

香川が言った。

「あんたの標的が増えることはないだろうな。それに……」

彼の目が、冷たく挑戦的に光った。

「本命もあんたに譲るつもりはない。二人とも俺が殺す。あんたには悪いがな」

腰のホルダーに納めたナイフを指で撫でると、スプーンでコッヘル内の雪をつつく。宮城が気《け》だるそうに立ち上がり、「手伝いますよ」と香川の向かいに座り、床にあったスプーンを取った。若い福岡はふて腐れたように壁にもたれたまま動かない。精神的にかなり参っているようだ。

暗闇で震えている便利屋を想像する。何とも哀れな光景だ。しかし植草は、香川たちほど楽観的にはなれなかった。ヤツの行動が、どうにも納得できないからだ。

こうなることは最初から判っていたはずなのに、なぜ無謀とも思える登攀を行ったのか。

二人の間にどれほど深い絆があるにせよ、相手に犬死にを強いるようなものではないだろうか。

コースタイム、ルートの状態、天候などは事前に予測可能だ。新穂高温泉に敵の目が潜んでいることも少し考えれば判る。

便利屋は既に張り巡らされていた監視の目を巧みにかいくぐり、西尾根までやって来た。それほどの周到さがあるのになぜ、自らを袋小路に閉じこめるような無謀をする？

熊本たちは涸沢岳に潜んでいる男を、心の底から恐れている。だが、本当に恐れるべきは彼だけだろうか。

便利屋もまた、十分に恐れるべき敵なのではないか。

心が初めて揺らいだ。焦燥と恐れが下腹の辺りを締め上げる。

今すぐに、涸沢岳に戻り、いずこかに潜んでいる男を見つけ殺す。植草たちが生きて山を下りるためにはそれしかないのではないか。

二人を会わせてはダメだ。

根拠のない焦りは不安を生み、不安は坂を転げ落ちる雪ダルマのように大きくなる。闇雲に涸沢岳に繰りだしたところで、それこそ敵の思うつぼだ。昼間、姿を消した熊本の部下たちのことを思う。接近戦で挑めば、こちらに勝ち目はない。

外に置いたままの銃が恋しかった。愛用のフィンベアーを引き寄せ、ひんやりとした銃身を感じたかった。

狩りは己との闘いでもある。

強敵と向き合うとき、どうしようもなく心が弱る瞬間がある。植草とて例外ではない。今がその時だった。

この感覚は久しぶりだ。

不安は興奮と高揚にすり替わった。相棒の登場で、勝負の行方は判らなくなった。

敵は既に植草の銃弾を受けている。あとは日の出を待ち、彼が潜んでいそうな場所を徹底的に探る。凍りついた死体となっているか、あるいは手負いの獣となって牙をむいてくるか。

いずれにせよ、植草の敵ではない。苦しまないよう、一発で急所を仕留めるつもりだった。

さほどの気力を傾けるものでもない。

そんな状況が、相棒の登場で一変する。彼が渡そうとしている武器は何だ？　恐らくは狙撃用のライフルだろう。これだけの手勢を一人で相手にするのだ。遠方から狙撃し、一人一人、片付けていくのが筋だ。

自然と笑みが浮かんだ。

二人とも撃てば、金も倍額要求できる。金は多ければ多い方がいい。
ようやく親らしいことをしてやれそうだ。

十三　再会

眠っていたのはぴったり、二時間だった。夢も見ず、覚醒したとき、手足の感覚がなくなるほどに冷え切っていた。目は開いてはいても、どこか現実感がない。いま自分が何処《どこ》にいるのか、なぜ、ここまで凍《こご》えきっているのか。

体を動かすのが億劫《おっくう》だった。固い岩の上ではあったが、このまま、ずっと横になっていたい誘惑にかられる。

風の音はさっきよりも酷くなっていた。目を上げれば、夜空に眩しいほどの星の瞬《また》きだった。山の斜面は以外と明るく、地形もぼんやりとだが把握できる。

急がないと。オレを待っているヤツがいるんだ。

投げだした足を曲げようとする。長く同じ姿勢でいたためと、さっきまでの無理が祟《たた》ったのか、関節部を猛烈な痛みが襲った。骨に直接打撃を加えられたような衝撃だ。ふくらはぎ、太もの張りも酷い。うめきながら、何とか膝を曲げ、太ももからふくらはぎにかけてをさする。痺れたようだった足に、少しずつ感覚が戻ってきた。それと同時に、さすっている方の指先に温かさを感じるようになってきた。

立ち上がって腰の曲げ伸ばしでもしたいところだったが、薄闇の斜面でそれをやる度胸はなかった。

GPSで見ると、標高はちょうど三〇〇〇メートルあたりか。涸沢岳山頂まであと一一〇メートルほど。距離にすればそれほどでもないが、その間に待ち構えるのは岩がれた急登だ。酷寒の中、表面は凍りつき、無論、雪も多く積もっている。

倉持はピッケルを右手に持ち直し、感覚を確かめる。

ピッケルについた落下防止のためのリーシュを腕に巻きつけると、抱くようにして眠っていたザックの天蓋を開く。ビニールに包まれた行動食をどうにかこうにか取りだす。分厚いオーバーグローブのせいで、手先が思うように動かない。

ビニールを開き、キューブ状のチョコレートをだし、口に放りこんだ。固く凍りついていていて歯で砕くこともできず、口の中で転がすが溶ける様子もない。

風が弱まっていることだけが救いだ。もう少しスペースがあれば、湯でもわかすのだが。

何とかチョコを飲みこみ、続いて飴を口に入れた。味などほとんど判らない。

ザックを膝に載せると、ショルダーベルトを肩に通す。一日の無理がたたり、肩まわりの筋肉もパンパンに張っていた。

下山したら温泉でゆっくりなどと思っていたが、こいつはその程度で治るレベルじゃないかもな。

行く手の涸沢岳はまったく見ることができないが、今はかえってその方がいい。

倉持はそう言い聞かせ、ルートに戻る。わずかな休息だったが、気力は取り戻せていた。後ろの荷物を深江に渡したら、あとはお客様よろしく、のんびり後をついていくだけにさせてもらう。

気温は低いが、心配していた横風はない。天は我に味方したか。

去年の秋、倉持は深江とともに天狗岳に赴いた。人の命に関わる重大事件に巻きこまれたためだ。三《み》つ巴《どもえ》となった壮絶な闘いの中、山は深江たちに背を向けたかに見えた。それでも、最終的に生き残ったのは、自分たちだ。今にして思えば、山は深江、倉持に向かって微笑んだのだ。

それだけに、いまだ本性を見せないこの穂高岳一帯は、実に不気味と言えた。

このまま終わるわけがない。

雪面の固さを測《はか》るためピッケルを突き立てたとき、ふと白いものを目の端に捉えた。

明かりだ。蒲田富士の方角にチラチラと四つの光が見える。

来たか。

追っ手だ。新穂にいた三人に、一般登山者二人を殺した男を加えた総勢四人だ。雪庇を恐れ、蒲田富士手前で留まると踏んでいたヤツらが、予想に反して追跡を始めた。

好天とはいえ、わずかな明かりだけであの雪庇に挑むのは、無謀というよりない。

恐れをなして退散してくれることを願ったが、世の中、こちらの思い通りにいくことの方が少ない。

特にオレの人生、いつもこんなさ。

明かりをつけていない倉持の姿は、当然、向こうから見えていない。

彼らが雪庇で自滅するにしろ、じりじりと追いすがってくるにしろ、いま、倉持にできることは前に進むことだけだ。

ぼんやりと見える白い雪、手元付近の岩、それらだけを頼りに、倉持は登り始めた。

後ろを振り返る。さっきの光は今も見える。向こうにもこちらが見えているのではないか。暗闇の中、ヘッドランプの光はそれくらいに強い。

二時間の仮眠が吉と出るか凶と出るか。

岩稜に手をかけたところで、いきなり滑《すべ》った。ザックの重さに体ごと振られ、岩のでっぱりに右肩を嫌というほどぶつけた。

声はかろうじて抑えこんだものの、気力を奪うには十分な痛みだ。

歯を食いしばって耐えながら、ここから先のことを思う。

涸沢岳に無事登ったところで、そこに何が待っているのか、倉持は知らない。

何もないのかもしれない。ただ雪化粧をした厳しくも美しい山々が、倉持を迎え入れてくれるだけなのかもしれない。

もう二度と、山はご免だからな。

槍ヶ岳、天狗岳、ここ最近登った山では、どちらも酷い目に遭ってきた。その度に、二度とご免だと思う。

それでも結局、また登るはめになるのだ。

お人好しだからな、オレは。

痛みがほぼ引いたところで、再び、同じ岩に手をかける。思っていた以上に滑る。ピッケルを試してみたが、氷は薄く、到底、歯を刻みこむことはできそうになかった。アイゼンも同じだった。相当、蹴《け》りこまないと、爪はたってくれない。

こいつは、厳しいね。

口の中の飴は、いつの間かなくなっていた。肩をぶつけたとき、口から飛び出たのだろう。時間にして一時間ほど登ったとき、天候が変わり始めた。最初は数分間隔で吹きつける横風だった。まともに浴びれば、押し倒されてしまうような力がある。倉持は身をかがめつつ、すぐに防風姿勢を取れるようピッケルを握りしめる。風の来るタイミングは、ある程度、測ることができた。微かな音の変化がある。地形を目視できれば、さらに予測の確率は上がるのだが、周囲はどこまでも闇が続くだけである。明かりがないため、ＧＰＳを確認することもできない。来る。

身をかがめ、立ち止まった。直後、さらに勢いを増した突風が来た。フードを千切《ちぎ》り飛ばしそうな勢いだ。

気がつけば、周囲はガスで覆《おお》われている。風の間隔は徐々にせばまり、ついには、常に強風が吹きつける状態となっていた。

口を大きく開け、あえぐようにして呼吸をする。冷気は鋭く、尖った氷を投げつけられているようだ。もはや、風を防ぐ手頃な岩のくぼみもない。

わずかな岩の突起にしがみつくようにして、耐えた。視界は完全に塞《ふさ》がれ、バチバチと雪が叩《たた》きつけてきた。

後ろの連中はどうしているかな。

もはや彼らの光を見ることはできなくなっていた。

あいつらも、この洗礼を受けたらいいのに。

歯を食いしばりながら、文字通り、這って進む。ゴウゴウとなる風の音以外は、何も聞こえない。わずかでも気を緩めれば、そのまま宙に舞ってしまいそうだ。

風向きは複雑で、左右から間断《かんだん》無く吹きつける。

迷うようなルートではないが、完全に方向感覚をなくしていた。

前進をあきらめ、雪面に伏せた。口の中にまで氷の粒が侵入してくる。目を開く余裕すらない。

幾重にも防寒対策をした手先が、じわりと冷たくなってくる。足の指先も同じだ。

全身に力を入れているため、腰から背中にかけてが、電気でも流されているかのようにピリピリと鋭く痛んだ。

風のピークは五分ほど続いた。

視界を遮るガスは相変わらずだが、風の勢いは弱まりつつある。ためらっている時間はない。

倉持は移動を開始する。

岩と岩の間のV字型の切れこみに身をねじこみ、両腕で引き上げる。かすかに積もった雪がザラザラと左右から落ちてきた。アイゼンの効きは良くはならず、何度か足先から奈落へと引きずりこまれそうになった。

口に入った雪のせいか、喉《のど》がカラカラだ。呼吸をするたびに、ヒーヒーと甲高い音がする。もはや筋肉の痛みなど感じなくなっていた。代わりに襲ってきたのは、眠気だ。命をかけるこの瞬間に、ふっと意識を持っていかれそうになる。

倉持は両手足をしっかりと伸ばし、自身の状況を再確認する。

ここは涸沢岳西尾根。深夜、明かりもつけず、自分は登っている。眠れば死ぬ。落ちて死ぬのかもしれない。寒さに凍えて死ぬのかもしれない。後から来た勇気ある追っ手に殺されるのかもしれない。

眠れば死ぬ。止まれば、死ぬ。

倉持は懸命に手足を動かした。鼻水は凍り、目からあふれ出た涙もまた、頬の途中で凍りついた。瞼が重く、視野がかすむ。

一帯を覆っていたガスが切れ、晴れ間がのぞいた。ベールを剝がしていくかのように、星空が蘇《よみがえ》る。

このまま進んでいけば、生きられるのか。

そんな問いがどこからともなく浮かんできた。

この先登り続けたところで、必ず深江と出会える確証はない。結局は無駄なあがきなのではないか。たとえ追っ手を振り切っても、待ち構えていた敵に、蜂《はち》の巣《す》にされるかもしれない。

手が止まった。何もかもが空《むな》しくなり、悲しみがわいてきた。涙があふれる。拭おうとするが、凍りついたグローブは肌をひっかくばかりで、役に立たない。あふれ続ける涙は頬を伝い、顎の先からしたたり落ちた。

氷壁に両腕をついて、嘔吐《えず》いた。呼吸が乱れ、息が苦しい。胸のあたりがキリキリと痛み、涙に歪んだ視野は方向感覚を麻痺《まひ》させた。

側頭部に強い痛みを覚え、目を開く。

頭を岩肌にぶつけていた。

倉持は岩の狭間《はざま》にうずくまるようにして体を丸めていた。

眠っていた。慌てて身を起こす。いったいいつから寝こんでいたのか、まるで記憶がなかった。どのくらいここに留まっていたのかすら、判らない。

頬には涙が凍った跡がある。半ば錯乱状態となり、そのままうずくまるようにして眠ってしまったのか。

ガスが去ったので、空にはぽつりぽつりだが星も見える。身を起こし、蒲田富士方向を見つめた。追っ手の状況を知りたかった。彼らはまだ追跡をあきらめていないのだろうか。あるいは既に雪庇を踏みぬき、谷底へと消えたのか。それとも――。

追い立てられるようにして、倉持は登攀を再開する。長く同じ姿勢でいたため、各部の関節、筋肉が悲鳴を上げている。

手足の指先に痛みを感じないのは、興奮によるアドレナリンの賜《たまもの》だろうか。

焦りと疲労で、頭がぼんやりとしている。自分がいまどのあたりにいて、現在何時なのか。立ち止まって確認すべきであるのに、それができない。追い立てられるように、上へ上へと登る。息が上がり、喉がヒリヒリと痛んだ。

雪は固く凍り、アイゼンの歯も効きにくい。もっと慎重に歩くべき場所だった。GPSをだし、現在地を確認、気を落ち着かせ、態勢を立て直す必要があった。

それでも、足は止まらない。岩肌とアイゼンの歯がこすれる不快な音が、耳を刺す。

右足を大きく踏みだした瞬間、バランスを崩した。氷に歯がはじかれ、滑ったのだ。右肩から雪面に叩きつけられた。そのまま真横に一回転し、勢いがつく。ズルズルと雪面を落ち始めていた。

意識が鮮明になった。死が目の前に迫っている。

咄嗟《とっさ》に右手のピッケルを引き寄せ、滑落《かつらく》停止の行動を取った。ピッケルの歯を雪面に食いこませ、そこに体重をかける。歯は固い氷にあっさりはじき返されたが、岩の一つにザックのストラップが引っかかり、滑る速度が落ちた。もう一度、ピッケルを突き立てる。今度は手応えがあった。速度は緩み、やがて停止した。

暗闇の中、自身の状況が判らない。滑り落ちたのは、一五メートルくらいか。地形が味方してくれた。運が悪ければ、今頃は谷底に向けて一直線だ。

風は弱まっている。手探りで斜面の状態を探る。明るくなるまで、ここで待ちたいところだが、そんなことは許されない。

ピッケルを手がかりにして、ゆっくりとルートに戻るため凍りついた雪の斜面を登り返す。さほどの傾斜ではないが、懸命に蹴りこまなければ、アイゼンも役にたたない。足下の暗闇が、ぽっかりと開いた巨大な口のように見える。吸いこまれそうになる己を奮い立たせるため、意味もなく声を上げ、上を目指した。声は追っ手にも聞こえているかもしれないが、気にしている余裕はなかった。

数秒で滑り落ちた斜面を一時間ほどかけて登った。

ルートに戻ったところで、GPSをだす。涸沢岳ピークまであと三十分足らずだろう。滑落さえなければ、いまごろはたどり着いていたころだ。

流れ落ちる鼻水を袖で拭い、「ああ」と低い声をだしながら立ち上がる。

説明のつかない高揚感があった。体力的には限界を超えているが、不思議と足は前に出た。ピッケルを杖《つえ》のようにして進んでいく。雪庇もあるこのルートでそのような歩き方は、危険極まりないことと判ってはいた。それでも足は止まらない。一度でも止まったら、疲労に囚《とら》われ、二度と歩きだすことはできない。

指先がヒリヒリと痛みだした足を、引きずるようにして進む。アイゼンの歯がガリガリと氷をこする音が響いた。

もうそろそろ、ピークに着くころか。立ち止まり時間をみると、まだ十分も歩いていない。顔を上げ、山々の気配を感じる気力も失《う》せていた。頭《こうべ》を垂れ、ただひたすらに斜面を登る。涸沢岳に登れば、そこに……。

ぼんやりとした意識が浮かんでは消える。自分がなぜここにいるのか。なぜ登っているのか。登った先に何が待っているのか。

ふいに、何かが切れた。足が止まり、そのまま、膝をついた。ゴツゴツとした岩に膝頭が当たり、思わずうめき声がもれた。

しばらくそのままの姿勢でうなだれていた。

がらんと広い空間だった。いつの間にかつけていたヘッドランプの光が、数メートル前方に何やら白いものを照らしだした。白い十字架のようなものが、立っている。

倉持は四つん這いになり、ゆっくりとそれに近づいていった。

雪と氷に半ば覆われた指導標だった。かすかに、「涸」という文字が読める。

手で表面をこする。徐々に「沢」が浮かび上がってくる。

涸沢岳。標高三一一〇メートル。

着いた。

倉持は胎児のように体を丸め、その場に崩れ落ちた。みるみる体温が奪われていく。

息を吸おうと大きく口を開いた瞬間、猛烈な吐き気に襲われた。起き上がり、四つん這いになって激しく嘔吐いた。呼吸が乱れるだけで、吐くものはない。涙で視野がぼやけた。

ふらりと目の前に何かが見えた。

指導標か……そう思った時、下腹部に激しい衝撃がきた。

咄嗟に意識が鮮明になった。ヘッドランプの光が、倉持を照らしていた。黒い人型のシルエットが、仁王《におう》立ちしている。

シルエットがムクムクと動き、胸元を捕まれた。後頭部から、地面に叩きつけられる。

ヘルメットのおかげで大した衝撃はない。

胸に圧迫を感じ、仰向《あおむ》けのまま身動きが出来なくなった。

何者かが馬乗りになっている。

倉持はようやく理解した。追っ手だ。遥か背後に見えたライトの光。西尾根を登ってきた追っ手に、捕まった。

太い腕を軸にして、首を圧迫してくる。肺がすぐさま悲鳴を上げた。

相手もバラクラバをかぶっているため、顔は見えない。血走った目だけが、倉持のすぐ前でギラギラと光っていた。だが、相手が誰であるかは判っていた。あいつだ。幕営地点で、登山者二人を無慈悲に殺した男――。

逃れようと身を捩《よじ》るが、全力を出せるだけの力は残っていない。

一方で、締めつけてくる力もさほど強いものではない。

敵も疲労困憊なのだ。倉持と同じく、夜を徹して西尾根を登ってきた。立っているのがやっとなのではないか。

律儀に任務を果たさなくても、少し休めばいいじゃないか。

そう言いたかったが、声が出ない。

倉持とは違い、相手には明確な目的があった。倉持に追いつき、殺す。ただそれだけを頭に、過酷な登攀をクリアしたのだ。いま彼の頭には、その目的を果たすことしかないのだろう。

グイグイと押しこんでくるだけの腕。力の入るタイミングを見計らい、上体を捩った。相手のバランスが崩れ、閂棒《かんぬき》のように首を押さえていた腕が外れる。右腕に力をこめ、顔面を殴りつけた。分厚い手袋に覆われた拳《こぶし》だ。当たっても大した威力はでない。それでも何とか、馬乗りの体勢からは脱出できた。四つん這いで逃げる。無様でも何でも、相手との距離を取りたかった。

立ち上がり振り返ったとき、相手もまた幽鬼のように、佇《たたず》んでいた。

二人のヘッドランプが、それぞれの周辺のみを薄く照らしだしている。

「おまえ、一人で来たのか」

「残りは置いてきた」

新穂で見た三人の男たち。彼らはまだ蒲田富士を越えていないということか。

ヒョウヒョウと吹き渡る風の音が響き、足下ではアイゼンの歯がジャリジャリと氷を掻く。

「二人で楽しもうぜ」

男の手がウエストのあたりに伸びる。ベルトに装着されたコンバットナイフ用のフォルダーが見えた。

ためらうことなく抜き、慣れた様子で構える。

「そんなもん持ってるなら、初めから使えよ」

ポケットの銃をだそうとした。感触がない。さっきの滑落のとき、落としたのか。慌てて、地面にあるはずのピッケルを探す。だが乏しい明かりの中、見つかる気配はない。

武器に気力を貰ったのか、男は大股で近づいてきた。こちらにも余力がないことは、向こうも判っている。何とか避けようとするが、体の自由がきかない。岩に蹴つまずき、倒れこんだ。へたりこんだまま、男の姿を見上げることになった。男は右足を振り上げた。アイゼンの歯がこちらの足を狙っている。動きを止め、ナイフでとどめを刺そうってわけか。

まあ、上手い手だよな。

もはや、倉持には防ぎようがなかった。もうひと粘りしたいところだが、気力がなかった。ひと思いにやってくれないか。

そんな言葉が喉まででかかったとき、男の後ろをゆらりと黒いものが横切った。

幻覚か、あるいはもう一人の追っ手が遅れて到着したのか。

足を振り上げた男の体が、重力を失ったかのようにふわりと浮き、背中から地面に倒れこんだ。その上に黒い何かが覆い被さる。短い口笛のような音が聞こえた後、男のヘッドランプが消えた。

倉持はただ呆然と、座りこんだままだった。

何かが目の前に立つ。アウターシェルのこすれる、シュシュという音が耳元で響いた。

ヘッドランプの光に、人間の顔が照らしだされた。倉持の正面にしゃがみこみ、目線の高さを合わせている。

「待ちかねたよ」

深江信二郎《しんじろう》の顔がそこにあった。

冬季小屋前の階段に座り、植草は涸沢岳を見上げていた。防寒具に身を固め、首筋にはカイロを手ぬぐいでくるみ巻きつけている。風こそ止んでいるものの、気温は氷点下十一度。小屋の表面は真っ白に凍《い》てついており、強固な建物が冷気によって軋み、今にも崩れ落ちそうに見える。

そんな中でも、植草の体内は火照《ほて》っていた。防寒着やカイロのせいではない。

いま、涸沢岳のピークで何かが起きていた。奇妙な光に気づいたのは、水作りをしていた宮城だった。尿意を催《もよお》してガスを止め、アイゼンを手に外へ出た。ふと目を上げた先に、光が見えた――。

慌ただしさを増した小屋を出て、植草は一人静かに光を見つめる。

あれは、誰の光だろう。仲間を助けるため、西尾根を登ってきた男だろうか。それとも、その男を追う熊本たちの仲間だろうか。

光はあまり目立った動きはしない。

一気にあんなところまで登ったんだ。疲労困憊だろう。

さて、これからどうする――。

ふっと息を吐いたとき、光が二つになった。さすがの植草も思わず腰を浮かせた。

光の間隔は数メートル。二人だ。涸沢岳ピークにはいま、二人いる。

火照った体がさらに熱くなった。

そうか。敵も味方も、尾根を登りきり、ピークにたどり着いたのか。

ひょっとすると、俺の出番はないかもしれない。そんな思いが過《よぎ》る。

二つの光が乱れ、重なった。

ああ――。

声にならなかった。遥か彼方の闇の中で、踊る二つの光。ホタルのような儚《はかな》い明滅は、頂上で戦う二つの命をそのまま映しだしていた。

光が一つになった。

植草は洟《はな》をすする。

終わった――。

それから数秒、もう一つの光も消えた。

夜明け前のもっとも暗い時間。闇が再び山々を支配する。

植草はその場に座り、なおも涸沢岳の方角を見据えていた。

背後で、ギギッと音をたてて扉が開いた。振り向くまでもなく、熊本であると判った。

中に入れと命じられるものと思っていたが、熊本は階段を下り、植草の横に立つ。しばし、山々を見渡した後、ゆっくりと横に座った。

「終わったようだな」

バラクラバをかぶっているため、声がくぐもって聞こえにくい。続けて二言三言喋っていたようだが、風音にもまぎれ、植草の耳には届かなかった。無言のまま、それから数分、暗闇を見上げて過ごした。

「眠らなくていいのか？」

熊本が言った。

「あんたは？」

「ヤツを殺したら、ゆっくり寝る」

何となく、尋ねてみたくなった。

「どうして、ヤツを狙う？」

熊本は笑ったようだった。表情は見えないが、何となく気配で読めた。

「どうでもいいことじゃ、なかったのか？」

「答えたくなけりゃあ、別にいいんだよ」

熊本は闇を見上げながら言った。

「どうなっていると思う？」

涸沢岳ピークのことだと判るまでに数秒を要した。

「判らない」

「二つの光が見え、一つが消え、残る一つも消えた……。その意味するところは？」

「便利屋がピークに到達した。その後、あんたらのお仲間が追いつき、ピークで対峙した。戦って、一人がやられた」

「勝者は？」

「便利屋に決まってる。お仲間が勝ったのなら、いまごろ、ここに下りて来て大騒ぎだ」

熊本は小さくうなずいた。

「恐らく茨城だろう。便利屋にやられて、後を追った。奴なら、暗闇の中でも登っていける」

「新穂にいた三人は？」

「さっき連絡がついた。蒲田富士でビバークするよう指示をだした。彼らには今日、やって貰うことがあるからな」

「勝った便利屋は、この後、どうすると思う？」

「判らん」

「相討ちの可能性もある。一人倒した後、自分も力尽きた。今頃、ピークで冷たくなっているのかもしれない」

「そう思いたければ、思うがいい。だがもし力尽きたのなら、ライトは誰が消した？」

バラクラバからのぞく熊本の目が、冷酷な光を帯びた。

「合流したと思うか？」

「判らん」

「俺には判る。ヤツは生きている。瀕死《ひんし》の仲間を助け、今頃、自分のねぐらに連れ帰っている」

「見てきたみたいに言うんだな」

「あいつは、そういうヤツだ」

「知り合いだったのか、その男と」

熊本はまた口を閉じてしまった。

それならそれでいい。そろそろ、中に入って仮眠を取ろう。そう思ったとき、また熊本の聞き取りにくい、くぐもった声がした。

「俺はヤツと同じ隊にいたんだ」

「隊？」

「自衛隊だ。離島防衛を専門に担う、精鋭ばかりを集めた特殊部隊に所属していた」

「そんな部隊があったとは、初耳だ」

「一部マスコミにも情報は公開されているが、そんなものはごくごく表面的な部分でしかない。秘密にすると人は興味を持つ。だからあえて、秘密の一部を明かしてやるんだ。そうすると、人々の興味は急速に冷める」

　正直、植草にはどうでも良いことだった。もともと、世間一般からは離れて暮らしていたし、彼らが何を思い、どう行動しようと、自分には関係がない。

　それでも席を立たなかったのは、熊本という男への気遣いだった。わずか一日だが、無碍《むげ》にはできない何かを、植草は既に持ち始めていた。まったく、人づき合いというのは、これだから厄介なのだ。

「日本の領海内にある島に、外国籍の一般人のグループが上陸したとの情報が入った。領有権を主張する旗を持ち、退去の求めにも応じないという。そこで、我々に出動命令が下った」

「民間人相手なのに？」

「民間人を装っているだけかもしれない。一部の跳ねっ返りが、独自に行動を起こすなんてことは、世界のあちこちで起きている」

「随分と生々しいことが起きていたんだな。日本はもっと平和なのかと思っていたよ」

「本土から遠く離れた島でのことだ。それに、新聞に載るようなことではないからな。部隊は八名。ゴムボートで秘密裏に上陸し、敵に接近、確保する。敵の数は四名。たとえ武装していたとしても、楽に制圧できる。そう思っていた」

「つまり、そうはならなかった」

「ああ。男性四名。武装は確認できなかったが、テントを設営していた。その中が確認できない限り、迂闊に攻撃はできない。隊員二名が偵察に向かった。一人は……」

熊本が言いよどむ。今一度、鋭い視線を、涸沢岳ピークに向けた後、言った。

「俺の弟だった」

植草には、ここからの展開がうっすらとだが、予測できた。

「弟がヘマをして、四人に見つかった。すぐに撤収すればよかったのだが、弟は敵に囲まれパニックを起こした。銃声を聞いた俺たちが駆けつけたとき、すべては終わっていた。上陸した四人は蜂の巣になっており、弟も眉間を撃ち抜かれて死んでいた。撃ったのは、もう一人の隊員だ」

「その隊員というのが……」

熊本の目が涸沢岳の方角を向く。

「弟が銃を乱射したのだから、やむを得ない措置だった。それは判る」

「上陸した四人は、何事か企《たくら》んでいたのかい？」

「一般人だった。度胸試しに来ただけだったんだ。テントの中は衣類と食料だけだった。当然のことだが、島での出来事はすべてもみ消され、我々が出動した記録も消された。弟は死に、深江は隊を辞《や》めた。俺も離島防衛の任務からは外された。正直、辞めてやりたかったが、そうもいかないのが、組織ってヤツだ」

漠然と組織と言われても、一人猟だけをして生きてきた植草には、よく判らない。

「辞めたら、それまでじゃないのかい？」

「とんでもない。俺たちは、絶対に表沙汰にはできない出来事の当事者だ。国にとって、これほど厄介なものはない。一生手元に置いて、おかしな真似《まね》をしないか監視する。それが定石《じょうせき》さ」

「だが、ヤツは辞めたんだろう？」

「取引したんだろうな。詳細は判らんが」

「もしかして、あんたがここに来たのも、その取引ってヤツか？」

熊本は否定も肯定もしなかった。

「弟の仇《かたき》を討ちたくてな。非は弟にあったのは判っている。だからといって、俺には割り切れない。ヤツは上官だった。弟を管理監督する責任があった。その責任は辞職くらいで償《つぐな》えるものではない」

身内が絡むと、どうも湿っぽくなっていけないな。植草は孫の顔を思いだしながら、思った。湿った思いは情へと姿を変え、生死を分ける決断をほんの少し鈍《にぶ》らせる。植草は気に入らなかった。熊本の弟に対する情、植草自身の孫に対する情。

今、植草が対している男には、そんな情があるのだろうか。あるいは、それを完璧に秘する技術を会得《えとく》しているのだろうか。

それにしても、あの男の原動力とは何なのだろう。いったい何が、彼をこの酷寒の場所に留めさせるのか。

熊本にしても、詰まるところ、駒に過ぎない。熊本にこれだけの人数を集め、穂高の山域を封鎖するだけの力はない。彼の背後にも誰かがいるのは間違いない。その誰かもまた、深江を亡き者にしたい。理由は、恐らく、さきほど熊本が語った話の中に紛れているに違いない。知りすぎた者は、得てして疎《うと》まれる。

何者かが熊本を雇い、熊本は自分を雇った。ただそれだけの関係――。

植草は熊本に悟られぬよう、首を振った。

どうしても熊本に対して、情がわいてきてしまう。

情は危ない。手元を狂わせる。

夜明けが迫っていた。

十四　目前

深江がいれてくれた紅茶は、思わず声が出るほどに甘かった。ほんのりと生姜《しょうが》の香りもする。紅茶の温かさと甘さが体全体に伝わり、疲れ切った体に槌《つち》の一撃のような力を与えてくれた。それでもなお、全身の震えが止まらない。コップを持つ手も、両手で支えていないと、中身がこぼれてしまう。

小ぶりのコッヘルには雪が入れられ、ガスの強力な火力で少しずつ透明度を増してきている。火の暖気がやや乱暴に倉持の体を包んだ。

腰を下ろしているところは凹凸《おうとつ》のある岩の上であり、どうにも居場所が定まらない。背を預けているのは、これまた固い岩だ。

外界との仕切りはツェルト一枚だけ。ゆったりと足を伸ばすスペースもない。そして、肩が触れあうほどの位置に、髭に覆《おお》われた深江の姿がある。

「狭くてすまんな。だが、このくらいの方が暖まりが早い」

「居心地は端《はな》から期待していなかったよ。それにしても、白い色のツェルトとは準備がいいな」

歯の根が合わず、喋ることにも苦労していたが、ようやく、舌が回るようになってきた。

暗闇の涸沢岳ピークから、深江に支えられ、ここまでやって来た。意識が朦朧《もうろう》としていたため、正確な位置は判らない。儀藤がくれたGPSも、銃同様、どこかに落としてしまったらしい。

深江は真っ黒に日焼けしており、サングラスのためか、目の周りだけが白い。さすがにやつれてはいたが、生気は失われていない。

「ずっとここにいたのか?」

二杯目のお茶を注いでもらいながら、きいた。

「居着けばやられる。数時間ごとに、少しずつ移動していた。西風を避けながら、ピークの東側から西尾根の北側斜面にかけて」

「しかし、こんなツェルトだけでよくもまあ……」

「岩に上手く固定できさえすれば、ある程度、寒気は防げる。ガスコンロと最低限の食料も持ってきていたから」

深江の着ているものは、倉持のものとほぼ同じ。ごく一般的な冬山登山のスタイルだった。シートの脇に置かれているのは、二〇リットルのザックのみ。中身はシュラフと交換用のガスカートリッジ、最低限の食料といったところか。

「一昨々日《さきおととい》はかなり荒れたんじゃないのか?」

「ああ。そのときは尾根を外した岩陰にいた。丸一日、飲まず食わずでシートを押さえていたよ。気が張っていたから、寒さは気にならなかった」

倉持は空になったコップを置いた。言いたいこと、聞きたいことは山とあったが、今は疲労が勝っていた。

ふっと意識が途切れ、覚醒したとき、遥か東の方角が白《しら》みつつあるのがシート越しに見えた。

「すまん、寝ていたようだ」

深江はさっきと同じ位置でコッヘルを手にし、固くしまった雪を溶かしていた。

倉持の足下には、テルモスが置いてある。さっきのお茶が入っているのだろう。倉持は蓋を開け、中身をコップに注いだ。ゆらりと立ち上る湯気が、心を落ち着かせる。

一口すすった後、きいた。

「これから、どうする?」

深江の声は低く、落ち着いていた。

「相手が動き始めるのは、一時間ほど後だろう。天候の具合からみても、決めるのは今日だ」

「勝算は?」

「ある」

深江の視線の先には、倉持が運び上げたザックがある。荷は解体され、黒色のケースは深江の脇に置かれていた。こうしてみると、日曜大工に使う工具箱のようにも見える。

「おまえのおかげだ」

「相手の正体は判っているのか?」

深江はうなずく。

「顔を見たわけじゃない。それでも判る。いつかこういう日が来るだろうと覚悟もしていた」

「しかし、ここまで大がかりなことをするっていうのは……」

「私怨につけこんだヤツがいる。政治だよ。まあ、その辺は儀藤が何とかしてくれるだろう」

「あのおっさんには、随分と世話になったよ」

「儀藤から聞いたんじゃないか？　俺の過去に何があったのか。その件と今回の件が……」

語りだした深江を、倉持は止めた。

「その辺のことはおまえの胸にしまっておいてくれ。俺には関係のない話だ。聞いてもないし、聞きたくもない。それに儀藤のおっさんは何も言わなかった。一切干渉しない約束だってな」

「そうか」

お互い、古傷は抉《えぐ》られたくないものな。

そんな言葉を飲みこみつつ、深江のザックの側にある、白いタオルで包まれたものを見た。茶筒ほどの大きさのものをくるんである。

「あれが、ここに来た理由か」

深江は表情を動かすことなく、スプーンでコッヘル内の雪を砕く。

倉持は言った。

「確信があったのか？　俺が植村真弓さんに会い、儀藤に連絡し、この場所を突き止め、どうにかして登ってくると」

深江はうなずいた。

「どうかしてるぜ」

「それよりほかになかったんだ。事前に情報を漏らせば、おまえに迷惑がかかる」

「迷惑なら十分にかかってるよ！　この有様《ありさま》を見ろ」

深江は笑った。白い歯を見せ、にこやかに笑う。出会ったばかりのころ、彼はそんな表情を見せなかった。三ヶ月ほど一緒に便利屋として働き、月島の人々とのふれあいの中で、少しずつ、人間的な表情ができるようになっていった。

「悪かった。だが、それよりほかになかったんだ」

同じ言葉を深江は繰り返した。にじみ出る孤独の影に、倉持は酷く悲しくなった。

「謝る必要なんてないさ。俺は何とか生きている。半分くらい死んだような気もするが、それでもこうして喋っている。結果オーライだ」

深江はまた無言に戻り、コッヘルの雪をつつき始める。

深江に監視の目がついていたとすれば、当然、倉持にもついていただろう。ワンボックスで倉持を詰問《きつもん》した茄子のような面《つら》の男も、その一人に違いない。倉持の日常をうかがっていたのだ。

もし深江が事前に山行のことを打ち明けていたら、倉持は当然、反対しただろう。しぶしぶ賛成したにしても、倉持の行動には明らかな変化が生じたはずだ。そこを敵が見逃すはずもない。

深江が奥穂高の手前まで入ってこられたのは、敵の虚をついたからに尽きる。どうかしていると、倉持に感じさせる作戦だったからこそ、敵の目も欺《あざむ》けた。

深江の深く暗い心の内をのぞくことはできない。彼が本当のところ何を考えているのかも、倉持にはよく判らない。とにかく、今回の一件は、そういうことだと勝手に納得することにした。

そう、俺の役目は九分通り終わったのだ。ここからは、深江のターンだ。俺は少し、ゆっくりさせてもらうとしよう。

倉持は首を回してこりをほぐすと、岩肌に背を預けた。

「始まるときが来たら、起こしてくれ」

倉持はすぐにまた、眠りに落ちた。夢を見た。倉持は膝まで雪に埋もれながら、涸沢岳西尾根を登っていた。

ヘッドランプなしでも視界が利くようになって五分ほどが過ぎた。小屋の中では既に、全員の準備が整っていた。それぞれが武器を手に、殺気をみなぎらせている。

福岡、宮城が手にしているのは、あのサブマシンガンだ。ＭＰ何とかと言っていたが、植草には覚えられない。

鬚面の香川は、何とも奇妙な銃を手にしていた。拳銃ともマシンガンともつかない形をしている。

よく見れば、拳銃に、外付け式のライトやストック、スコープがついている。ストックは折りたたみ式になっているようで、香川はいま、ストックを曲げ、両手でグリップを握り、壁に向かって構えていた。

「グロック17とＵＳＷコンバージョンキットＧ17」

背後で熊本が言った。

「こ……こんばー……なんだって？」

「コンバージョンキット。銃本体を挟《はさ》みこんでストック付きにできる」

説明されても、植草にはチンプンカンプンである。それでも、熊本は説明を続けた。

「装弾数は十七発。マシンガンのようにも使えるし、それでいて軽い。使い勝手はいいぞ」

「しかし、彼の本命はあっちだろう」

植草は香川の腰に下がるコンバットナイフを指した。

熊本は言う。

「ヤツにはヤツのやり方がある。そこに口は挟まん主義だ。そして、俺はこれだ」

熊本が手にしていたのは、サンドブラウンの厳《いか》めしい外観の銃だった。宮城たちが持っているものより大きく、全体的にがっしりしている。円筒形の本体に、銀色の短い銃身、ストックは太く、安定感もありそうだった。

「スカーL CQC。五・五六ミリの軍用小銃だ。こいつにはスコープを載せることができる。三〇〇メートルくらいまでなら、間違いなく仕留められる。あんたに断られたら、俺が自分でやるつもりだったんだ」

スリングに腕を通し、無骨な銃を背負うと、それは熊本によく似合っていた。

植草は無言でうなずくと、皆から少し離れ、手首や足腰のストレッチを始めた。

入念な準備を終えたとき、小屋の空気は変わっていた。緊張が否《いや》が応《おう》にも高まっていた。福岡の顔は引きつっており、宮城などはトントンと床をかかとで蹴《け》っている。

「うるさいぞ」

香川が宮城の後頭部を軽くはたいた。

「すんません」

「それで、どうするんだ？」

香川が熊本に尋ねた。窓の外には、抜けるような青空が広がっている。視界は良好。もっとも、敵さんにとってもそれは同じことだが。

植草は熊本に注意を戻した。

「敵の様子ははっきりとは判らない。ヤツの相棒の生死も不明だ」

明け方、涸沢岳ピークに見えた光のことは、既に伝達済みのようだ。

鬚をしごきながら、香川が言った。

「茨城は殺《や》られたと見て、いいんだな」

「こちらに何の連絡もないんだ。殺られたか、行動不能になっているかのどちらかだ。戦力として当てにはできない」

「相討ちの可能性もなし。二人が合流したとすれば、厄介だ」

福岡が大きく胸を張って言った。

「相手がいくら化け物だって、何日もこんな場所でビバークしてるんですよ。まともな体力なんて残っちゃいないはずです。一気に殺っちまいましょうよ」

殊更《ことさら》に手の中にある銃を誇示している。恐怖からくる虚勢だ。

熊本は冷たくうなずいた。

「相棒の件はともかく、ヤツは生きている。そう思って行動しろ。気を抜けば殺られる」

香川は油断なく、目を光らせる。

「武器を手に入れていたとしたら、かなり厄介なことになるな。狙撃銃なんかを持たれた日には……」

「そのために、彼がいる」

熊本は顎をしゃくって、植草の存在を皆に思いださせる。

「仕留めるまではいかなかったが、手傷を負わせた。ヤツの好きにはさせん」

宮城が侮蔑《ぶべつ》をこめて、植草を睨む。

「その代わり、こっちは仲間の半分近くが殺られてる。俺はヤツをおびきだす駒になるのは、嫌だぜ」

熊本は宮城に近づくと、眉間に銃口を向けた。

「嫌なら、ここで下りろ。俺が片をつけてやる」

宮城は銃を床に置くと、両手を挙げた。熊本は潤んでいく彼の目をじっと見つめている。

「それなりの報酬は払っている。それに見合った働きをしろ」

銃口を下ろすと、香川に目で合図を送る。

宮城は床の銃を拾おうとするが、手が震えて上手《うま》く摑めずにいる。銃を取り落とす耳障りな音が響き、福岡が聞こえよがしの舌打ちをする。

あの調子じゃあ、結局、駒としてしか使えんなぁ。

植草は思う。恐らく、熊本、香川も同じ考えだ。

窓の外に目を移すと、今のところ、視界は良好だ。見通しの良い涸沢岳周辺。常識的に考えれば、高所である涸沢岳ピークにいる深江たちが圧倒的に有利だ。まして、深江が狙撃銃を手にしたとなれば……。

熊本がちらりとこちらを見た。こちらの懸念をあっさり読み取られた。

「そう悲観するものでもない」

熊本の声はいつも通り、冷静だった。

「遮蔽《しゃへい》物は少ないが、標高差は約一〇〇メートル。上から狙おうとしても、そう簡単にはいかない。こちら同様、向こうも丸見えの状態になる。そこで、あんたの出番だ」

「しかし、相手がピークの真ん中に立っていたところで、斜面からは狙えない。やはりピークまで接近しないとな」

「いいんだ。あんたという存在が、敵にとってはプレッシャーとなる。姿をさらせば狙撃される。その危機意識が、ヤツを萎縮《いしゅく》させるのさ」

植草はふと昨日のことを思い起こす。

「あんた、オレにヤツを撃たせたよな。それはもしかして……」

「あんたの存在を、向こうに知ってもらいたかった。だから、あんたを行かせた」

さすがの植草も呆れて、一瞬、言葉に詰まった。

「つまりあんた、そのために、部下二人を……」

「闘いってのは、そういうものだろう？」

熊本は表情一つ変えない。彼が経《へ》てきたものの凄みの一端を、感じた。

表情が乏しく、感情を見せることもほとんどない。行動は常に一定かつ合理的であり、余白を感じることがほとんどない。

似たもの同士の戦いか。植草は思う。

熊本は着実に敵を追い詰めている。一方で敵もまた、熊本に焦燥を味わわせている。

表面はどこまでも冷え切っていながら、内部はぐらぐらと煮え立っている。

植草はホッと息をつくと、彼らへの過剰な意識を断ち切った。彼らは自分とは別世界の人間だ。彼らに引っ張られ、己の猟を忘れれば、不覚を取る。

彼らが何をどう感じようと、オレはオレのやり方でいくのみ。

アイゼンを提《さ》げ、立ち上がる。

「ぼちぼち、行くとするかね」

熊本はちらりとこちらを見上げただけだった。香川は無言でドアを開き、表に出て行く。吹きこんできた突風に首をすくめながら、宮城が続く。ヒャッホウと吠え、サブマシンガンを掲《かか》げながら、福岡は自身を誇示するように、こちらを睨んだ。

「ま、後ろでゆっくり見物してんだな、爺さん」

植草の苦笑を見届ける間もなく、彼は寒風の中へと飛びだしていった。

一歩踏みだした植草は、背後の熊本に言った。

「こんなことする価値が、本当にあるのかね？」

答えは思いのほか、早かった。

「オレはヤツが生きているのが許せない。それだけだ」

危ないな。植草は思う。

そんな思いに囚われていると、死ぬ。

ガランとなった室内で、熊本は曇ったガラス窓を睨んでいた。

通路には空のコッヘルが転がり、使い切ったガスカートリッジ、食料の空き袋などのゴミがそこここに散乱している。全員でここに戻ってくることは、恐らくないだろう。

わずか三日、それも赤の他人と過ごしただけの小屋だったが、不思議と去りがたい愛着のようなものが湧いてきた。

戸口で足を止めた植草に、熊本はけげんな顔を向ける。

「どうした？　先に行け」

脇に置いたライトサンドの自動小銃に、手を伸ばす。

植草はうなずいて、彼に背を向けた。

どうやらオレは、彼に死んで欲しくないようだ。

植草はため息をつきながら、戸口にある銃を手に取った。

十五　開始

ふわりと暖かなものを感じ、倉持は目を開けた。その正体はコッヘルから立ち上る湯気だった。岩を背に眠っていたため、体の節々を蝕《むしば》む痛みはまったく治まっていない。頭痛も酷かったが、さっきよりも意識は幾分、はっきりしてきた。

コッヘルの把手を持つ深江は、一心にスプーンで雪を崩している。

「代わろうか」

倉持の声に、深江は無言で首を左右に振った。ガスコンロが懸命に火を吐く甲高い音と、スプーンがコッヘルに当たる金属音だけが、狭い空間に響く。意識して耳を澄ませば、尾根上を吹き渡る風音も聞こえる。耳鳴りのようなその音は、目覚めたばかりの倉持の胃をキリキリと締めつけるに十分だった。

ふと脇を見ると、あの黒色のケースが岩にたてかけてある。持ってみると、軽い。

その様子を見た深江は、岩のくぼみに寝かせてあった銃をおもむろにとりだした。倉持のいるところからはちょうど死角になっており、突然現れた狙撃銃に、思わず「おおぅ」と声がもれた。

「組み立ては終わったよ。ブレイザーのR8。さすが儀藤だ」

銃自体はさほど大きくはない。漆黒《しっこく》の本体は影のようであり、薄暗い中でも金属の質感が判るスコープの方が目立って見える。銃身はさほど長くはなく、取り回しは楽そうだった。

「組み立てって、そんな簡単にできるものなのか?」

「本体と銃身、弾倉と一体になった引き金、スコープ、一分とかからない」

「そんな構造になっているのか?　いまの銃って」

「ハンティングライフルだからな。持ち運びのこともよく考えられている。状況を考えて、儀藤なら多分、この銃を選ぶと思っていた」

「しかし、こんな寒い場所で大丈夫なのか?　凍って弾《たま》が出なくなったり……」

「最近の銃は、この程度の状況でどうにかなったりしない。戦いは場所を選ばない。R8が生まれた欧州は、気温が低いところもあって……」

「判った。詳しいことは、山を下りてから聞くよ」

倉持は空になったケースを、元あった岩にたてかけると、ぽんと軽く叩《たた》いた。深江は銃を脇にそっと置くと、コッヘルに注意を戻した。雪は完全に溶け、ようやくフツフツと沸き立ち始めている。

深江は片手でコッヘルを押さえたまま、器用にカップを二つ並べ、スティックタイプのインスタントコーヒーをそれぞれに入れる。さらに、砂糖の入ったビニール袋に手を入れると、かなりの量を足した。角砂糖三個分はあるだろう。

「そいつは……ちょっと甘過ぎやしないか？」

「このくらいでちょうどいい」

湯を注ぐと、左のカップを倉持に差しだした。かき混ぜてもいないので、粉末の塊がプカリプカリと浮いている。

「ウイスキーの方が好みなんだがな」

ガスコンロの横にあった割り箸を取り、カップ内の液体をかき混ぜる。

「酒は体を冷やす。飲みたいのなら、下りてからだな」

「新穂に下りて、のんびり湯につかるか」

「しみるぞ」

「え？」

「体中、傷だらけだ。湯がしみる」

「そんな心配まで……うっ」

コーヒーに口をつけ、顔を顰める。深江が苦笑する。

「甘いものはそんなに苦手だったか？」

「いや、口の中が切れているみたいだ」

「やはり、しみるな」

「温泉もお預けかね、この調子じゃあ」

深江はコンロの火を消した。風にはためくツェルトの音が耳障りに響く。

コーヒーを流しこみ、舌が痺れるような甘さを味わった後、倉持は今もっとも口にしたくない問いを深江に投げた。

「それで、状況は？」

「悪くない」

「……それは、生きて帰れる可能性が少しは残ってるってことか？」

深江は答えない。やはりきくんじゃなかった。

「ここまで来たら、あんたに命を預けるよりない。ただ、できることなら、五体満足のまま下山して、温泉といきたいね」

深江は薄く笑った。

「運が良ければな」

「人にこれだけ苦労をさせておいて、結局は運かよ」

「それ以外に何がある？」

深江は立て膝になり、ツェルトの端をそっとめくった。シートの隙間から、澄んだ青空がのぞく。既に夜は明けきっている。

「そろそろ動きだす頃合いだな」

深江は銃を手に取った。

「向こうにも一人、狙撃手がいる。相当に優秀だ」

倉持に言っているのか、独り言なのか、判別できないほど、低く訥々《とつとつ》とした物言いだった。

「敵の数は恐らく五人から六人。地の利は高所に陣取ったこちらにある。穂高岳山荘から涸沢岳ピークまでの斜面には、遮蔽物も大してない」

「なら、いくらでも狙えるだろう？」

「小屋とピークの標高差は約一〇〇メートル。急斜面の敵を狙うには、こちらもある程度、身をさらさないといけない。そこで問題となるのが……」

「向こうの狙撃手か……」

「腕もかなりのものだが、気配を完全に消す術を心得ている。かなり厄介だ」

深江はウェアのジッパーを下ろすと、インナーをめくり、右肩口についた傷を見せた。血は完全に固まっているが、大きくえぐれたような傷が手当てもされず、寒気にさらされている。

「おまえ、撃たれたのか？」

「昨日な。弾がかすっただけだ。見た目ほど酷くはない。簡単な消毒だけはしておいた」

「儀藤が用意したものの中に、薬はなかったな」

「薬を入れるスペースがあれば、その分、銃弾を詰めこむ。あいつは、そんな奴さ」

「話した感じ、いい奴に思えたんだが」

「人は見かけによらない。まあ、奴は見かけも見かけだが」

深江は珍しく儀藤について饒舌《じょうぜつ》だった。口ではこう言っているが、それなりに感謝をしているのだろう。

深江はウェアを元通りに着こむと、ふっと息を吐き、口を閉じた。

倉持は続ける。

「おまえにそこまで言わせるとはね。だが、いかに急斜面でも、敵が通れる道は一本だけ。何とか守りきれるんじゃないか？」

「常識的に考えればな」

倉持は苦笑する。

「こんなところで撃ち合いして、常識もへったくれもないか」

「敵は二つのグループで来るだろう。こちらの攻撃をかいくぐって接近しようとする第一グループ。そして、オレたちが気を取られている隙に、気配を消して接近、仕留めようとする第二グループ」

「狙撃手は第二グループにいるってことか」

「そうだ。第一グループに時間を取られ過ぎると、危険だ。涸沢岳のピーク近くにとりつかれたら、条件は五分五分になる」

「遮蔽物が少ないのは、こちらも同じだからな」

「この勝負、最後は狙撃手の腕で決まるだろう」

倉持はため息をついた。

「安心できる材料は何一つないな」

深江はポケットに入れていた弾丸入りのジップロックをだした。

「ここに十二発。弾倉に四発、予備弾倉に四発。無駄弾は撃てないな」

「そういえば、弾のこと、何も考えていなかったな。しかし、弾なんか入っていたか？　ザックに」

「天蓋裏のポケットに入っていた。一発ずつサランラップでまいて、このジップロックに入れてあった。水濡れ対策だろう。気がつかなかったのか？」

「ああ。食い物の方が気になってな」

「合計二十発。重い思いをさせたな」

「六人に対して二十発か。楽勝だろう？　おまえなら」

深江はまたもこちらの質問を無視し、銃身の先に焦点を合わせる。

「試射といきたいが、そうもいかないか。銃声を聞かせれば、こちらの銃を悟られる。スコープの調整もぶっつけ本番だな」

「……本番ね。それはつまり……」

人で試すということだ。

深江は感情のまったくこもらない声で続ける。

「第一グループの先頭は、言うなれば捨て駒だ。せっかくだから、利用させてもらう」

言い終えた深江の目はガラス玉のようであり、体の動きは機敏で迷いがない。倉持はかける言葉を失い、代わって突き上げる吐き気に襲われていた。

深江と再会して以来、倉持の精神はぼんやりと宙に浮いたような状態だった。それがいま、半ば無理矢理、現実へと引き戻された。それは昨日の西尾根登攀とは比べものにならないほど厳しいものになる。

心に蓋ができればいいんだがな。

深江は、倉持の前に二丁の銃を置いた。

「MP7A1。優秀なサブマシンガンだ。いざとなったら、これを使え」

倉持は手前にある一丁を手に取る。思っていたより軽く、グリップはすっと手に馴染んだ。

「敵から奪ったものだ。マガジン内には三十発。予備は持っていなかった」

「使えって言われてもな……」

倉持は銃を置く。それを見ていた深江が、低い声で言った。

「銃をどうするかは、おまえ次第だ。だが一つだけ言っておく。オレがやられたら、すぐに山を下りろ。すぐにだ。下山路で待ち伏せがあるかもしれないが、何とか切り抜けるんだ。その銃があれば、何とかなるかもしれない」

「心強いこと限りなしだ」

倉持は肩をすくめた。深江の言葉が気休めであることくらい判る。向こうには深江クラスの狙撃手がいる。自分が斜面をノコノコ下りていく姿を、見逃すはずもない。餌を探すウサギを撃つよりも楽だろう。

「それと、これをかけろ」

ポケットからサングラスをだし、倉持に手渡した。倉持がかけていたものは、昨夜の肉弾戦で粉々になってしまった。

「おまえの分は？」

「予備がある」

新品のサングラスをかけ、深江はバラクラバをかぶった。

「相変わらず、準備がいいんだな」

深江が雪に反射する陽光に目を細めつつ、シートを大きくめくり上げた。

「作戦開始だ」


予報通り、空は紺碧《こんぺき》の色をたたえているが、山肌を這うようにして、灰色のガスが湧き上がっていた。灰色のベールは気まぐれな風に乗り、涸沢岳の斜面を通過していく。その都度《つど》、視界は遮られ、登攀者たちは緊張を強いられた。

植草と熊本は香川たち三人とは、かなり距離を取っていた。血気《けっき》にはやる福岡が先頭を行き、少し遅れて宮城、そこからさらに離れて香川という並びだ。ゴツゴツした岩と、その隙間に溜まった雪でまだらになった急斜面に、三人の後ろ姿が思いのほかよく見えた。三人とも銃をスリングで肩からかけ、それ以外の荷物は持っていない。ウェアは上下とも薄いグレー。雪面での視認を妨げる効果を狙ったようだ。

実際、目では三人の姿は追いにくい。一方で、植草は気配を強く感じることができた。

意識が強すぎる。特に前の二人だ。

あれでは、接近を悟られてしまう。

もっとも、それが狙いなのであるから、植草には何も進言すべきことがなかった。

二人との距離を測《はか》りながら、つかず離れずついて行く香川の行動がそれを物語っている。敵をやる本命は香川だ。寡黙《かもく》で得体《えたい》の知れないところはあるが、かなりの猛者《もさ》であるのは間違いない。銃よりナイフを好み、接近戦でこそ真価を発揮する。

前を行く二人はそのための餌だ。

ふいに視界が灰色のベールに閉ざされた。ガスだ。北西の風にのってやってきたガスが、涸沢岳斜面を一時的に覆《おお》っている。二〇〇メートルほど先にいる香川たちの姿は、まったく見えなくなった。

風などの気象を読むのは、植草の得意とするところだったが、初めて来た、それも厳冬期の高所では、自慢の勘《かん》もまったく役に立たない。懸命に風を読もうとするが、山はそのさらに上を行き、植草を翻弄した。

三〇〇〇メートル。さすがに厄介だな。

植草も認めざるを得なかった。

「心配するな」

ふいに横にいる熊本が言った。

「風やガスのタイミングは大体、判る。それなりの訓練を受けてきたからな」

「何とねぇ。あんた、猟師になったら、成功するよ」

熊本はガスに遮られた涸沢岳から目を離すことなく答える。

「それもいいかもな」

「人撃ちから獣撃ちになるってのか。オレと逆だな」

「弟子にしてくれないか」

「よせよせ。いまさら猟師なんかになってどうする。それに、猟師はもうやめるんだ。金が入るからな」

「そうか」

ガスが晴れる。斜面を登る三人は、この合間にかなりの距離を稼いでいた。先頭の福岡は半ばを過ぎ、既にピーク直下の岩稜帯で片膝をつき、上方をうかがっている。つづく宮城は彼に追いつこうと、歩速をはやめ、岩場の急斜面であるというのに、小走りになって進んでいる。

植草は呆れる。福岡は敵の気配など何も掴んではいない。上方をうかがっているのは、あくまでポーズだ。格好をつけているのだ。そして宮城はそれを真に受けている。

「バカめ……」

つい思いが口をついた。熊本が唇を緩めた。

「だからこそ、使い道があるのさ」

サンドブラウンの銃を肩から提げ、固く凍った岩を踏みしめ進み始める。

熊本はこの場の気象がある程度読める。ならばそれは、相手も同じと見るべきだ。

普段の猟場より、気温は低い。それでも寒さはまったく感じていなかった。体調もよく、分厚い手袋をしてはいるものの、銃は体に馴染んでいる。気分も良い具合に高揚していた。コンディションとしてはベストだ。

ある程度の高度に達すれば、いよいよ敵からの攻撃を覚悟せねばならない。そうなったとき、熊本の指示が役に立つ。

小屋を出て以来続く急斜面。気を緩めればスリップし、下手をすれば死ぬ。一歩、一歩にいつも以上の力を注がねばならない。顔全体をバラクラバで覆っているので、呼吸もしづらい。かけなれないサングラスもうっとうしい。

普段、獲物を担《かつ》いで急斜面を登る植草も、さすがに息苦しさを覚えてきた。

視界が利かぬ中、普段よりも遥かに速いスピードで、急斜面を登っていく。

前を行く熊本が振り返った。

「前と距離を詰める。大丈夫か？」

「ああ。心配はいらない」

虚勢を張るしかなかった。

福岡たち三人は、ピーク付近にまで到達している。ガスが晴れたタイミングで、いよいよピークに乗りこむ心積もりなのだろう。サブマシンガンを携行している彼らにあぶりだされ、ヤツが姿を見せれば、こちらの思うつぼだ。使い慣れた銃で、綺麗な冬華を咲かせてやる。

たとえ、あぶりだしに失敗したとしても、そこからは植草の領分だ。潜んでいる獲物の気配を感じ、追い詰め、撃つ。

問題は、ピークに到達するまでに、何度か身をさらさねばならないことだ。狙撃銃を持った敵がピークにいるとすれば、植草も含め、全員、一瞬で眉間に穴を穿《うが》たれる。

そうならないためにも、福岡たちが敵の注意を引いている間に、ピーク直下を登り切る必要があった。

足下に注意を集中しつつ、植草は登り続けた。呼吸の苦しさが募る一方、意識は研ぎ澄まされていく。

ふと、さっきの熊本の言葉が脳裏に浮かんだ。

弟子ねぇ。

植草は思う。

それも悪くないかもしれん。

ガスが晴れ、涸沢岳ピークが眼前に迫りつつあった。

十六　対決

銃をスリングで肩から提げた深江は、凍りついた岩肌にかがみこみ、気配をうかがっていた。風に乗ってやってきたガスの塊が、涸沢岳ピーク周辺を流れていく。ガスに包まれている数分、視界は閉ざされる。深江はそのわずかな時を狙いすまし、ビバーク地点を出て、涸沢岳ピークへとジリジリ登り始めた。こちらへの指示はない。つまり、黙ってついて来いということだ。

倉持は恐る恐る一歩を踏みだした。首からスリングで提げたサブマシンガンがカチャカチャと音をたてる。

本来のルートではない、凍りついた岩が重なり合う、不安定な場所だ。岩のくぼみに溜まった雪は固く凍りつき、アイゼンの歯も通さない。数メートル進むのにも、命がけの緊張を強いられた。下方に目を転じれば、遥か彼方まで切れ落ちた崖である。ロープによる確保もなく、アイゼンとピッケルだけが頼りの登攀だ。

ピークまでは高低差一〇メートルほど。とりあえず、見た目など気にせず、文字通り這うようにして進む。一方の深江は銃を担《かつ》いだまま、まるで庭先の置き石を踏むかのように軽快な足取りだ。既にピークに達し、遮蔽として使えそうな岩の突起を背に、徐々に薄くなっていくガスを見上げていた。

遅れること五分、倉持も何とかたどり着く。

ピークを示す指導標が数メートル先に見える。穂高岳山荘に通じるルートはその向こうにあった。

敵がやってくるのは、その方向だ。

彼らが姿を見せれば、わずか数メートルの距離で向き合うことになる。

岩を背にしたまま、深江は倉持に言った。

「オレの合図で銃を撃ってくれ」

「は？」

「おまえの持っているサブマシンガンだ」

「撃つって何を？」

「空に向けて何発か。適当でいい」

「適当に銃を撃てってか？　良ければ聞かせてくれないか。これから何が起こる？」

「このガスはあと一分ほどで晴れる。その後はしばらく視界良好の状態が続くだろう。第一グループはもう、すぐそこまで来ているはずだ」

倉持はここまで運び上げてきた因縁《いんねん》とも言うべきブレイザーR8を指さす。

「なら、さっさとこいつを使ったらどうなんだ？」

「ピークに陣取って、下から登ってくるヤツを狙えば、こっちが狙撃の餌食《えじき》になる。ここはひとまず、向こうに主導権を持たせよう」

「つまり、こちらは終始、劣勢ってことか」

「勝ち負けは優劣で決まるわけじゃない」

「つまり劣勢ってことだよな」

「おまえは撃つだけでいい。あとは身をかがめていろ。絶対に立ち上がったりするな」

倉持がうなずく間もなく、さっきまでのガスが嘘のように消えてなくなり、再び、群青《ぐんじょう》色にも見える空が姿を見せた。ギラつく太陽がきついのか、深江はポケットに入れていたサングラスをかけた。

気温は零下に違いないが、寒さを感じているゆとりはない。それどころか、首筋にはじわりと脂汗《あぶらあせ》が浮き始めていた。

深江は銃を肩から外し、軽く構えの姿勢を取った。数秒でそれを解き、白と黒のまだら模様となった岩肌をただじっと見つめている。

その姿は、獲物の気配を探るしなやかな野生動物のそれと重なった。

「二人……いや、三人か？」

視界に人影はなく、耳をすましても、聞こえるのは乾いた風の音だけだ。

倉持は首から提げた銃に、そっと触れる。

コンテストの出番を待っている心持ちだな。

撃ったら、伏せる。撃ったら、伏せる。

そう繰り返しながら、ふと顔を上げた。

ピークの指導標を挟んだ向こう側に、黒いものが動いた。人の頭だ。

慌てて深江を見ると、彼は人差し指をそっと自分の唇に当てた。

幸い、倉持のがさつな動きを、向こうは見落としてくれたようだった。

もう一度、岩陰からのぞき見たい欲求を殺し、再び岩陰にうずくまる。十数センチ先に、深江の登山靴のかかとがあった。アイゼンにこびりついた氷が青白く光っている。

「いまだ」

深江の声が聞こえた。とっさに体が動かない。体の前で銃を抱えたまま、一瞬、固まった。

その手を深江にはじかれた。倉持の右手から銃を引き剝がし、空中に向けて引き金を引く。

パパパパパと乾いたリズミカルな音がこだました。反響が途切れぬうちに、突き飛ばされ地面にうつ伏せのまま倒れこんだ。

男の叫び声が聞こえ、その直後、銃が連射された。何十発という弾丸が、伏せている岩陰の周囲にばらまかれる。

相手が手にしているのは、自動小銃だろう。

「MP7A1。こいつと同じだ」

深江が伏せたままつぶやいた。倉持の顔の脇には、さっきのサブマシンガンが転がっている。

「音だけで銃の種類まで判るのかい？」

「聞き慣れた音だからな。嫌でも覚えてしまう」

「ソムリエみたいなことを言うな」

ふいに銃声が途切れた。弾《たま》が切れたのだろう。

「四・六×三〇ミリ弾、装弾数はマガジンに三十発。予備のマガジンが二つってところだろうな。また来るぞ」

言葉通り、再び、銃弾が雨あられと降り注ぐ。

「これは、いつまで続くんだ?」

「さあな。相手に聞いてくれ」

男は雄叫《おたけ》びを上げながら、乱射を続ける。

すべては深江の放った銃声のせいだ。極限の緊張状態でピークにやってきた敵は、銃声で理性が吹き飛んだのだ。恐怖でパニックを起こし、ああやって撃ちまくっている。

深江が自身の銃、R8を構えつつ膝立ちになった。

サブマシンガンの狙いは二人が潜む岩陰からは外れていき、東側へと移動していた。

深江が立ち上がるのと、銃声が止むのは、ほぼ同じだった。

弾のなくなるタイミングを、深江は計っていたのだ。

一瞬の静寂の後、鳴り響いた銃声は一発だけだった。

深江は素早く身を翻《ひるがえ》し、再び岩陰へと身を寄せる。

「やったのか?」

「まず一人」

彼は既に、岩越しに次の敵の気配を探っている。

「やはり全部で三人。当面の敵は、残り二人――」

新たな気配は思いのほか早く、やって来た。

「お、おい、福岡！」

男の声がはっきりと聞こえた。

「くっそ！　どこだ？　姿を見せやがれ」

さっきと同種の銃声が響き渡る。倉持は伏せた姿勢のまま、死の嵐が吹き去るのを待つ。三十発、撃ち尽くすのにほんの数秒だ。しかし、弾丸にさらされている身には、その数秒が永遠にも思える。

静寂が訪れた。弾切れだ。だが深江は動かない。弾切れのタイミングは予測できたはずなのに。

なぜ、撃たない？

深江の様子をうかがうと、銃を構えてはいるものの、岩陰から出る様子はなかった。

「どうした？　何か、問題でも」

深江は答えない。それに代わって、男の怒鳴り声が聞こえた。

「どうした？　出てこいよ、おら！」

来る……。

乱射が再開した。今度はかなり近い。弾が岩に食いこみ、粉々になった氷が舞い上がる。日の光の中を舞うそれは、まるでダイヤモンドダストのようなきらめきだ。

どうする？

このままだと、いずれ見つかり、蜂《はち》の巣《す》にされるぞ。

それでも深江は動かない。

なぜだ……。

そうか、三人目か。倉持はようやく思い至る。深江は敵が二人から三人と当たりをつけた。近くに三人目がいるのだ。そして、そいつは先に撃たれた男と、いま銃弾に酔いしれている男を捨て駒として使っている。

深江が二人目を撃とうと姿を見せる瞬間を、三人目は待ち構えているに違いない。

冷酷だが、的確な作戦だった。事実、倉持たちはこの場所に釘付けとされ、次の一手を撃てないでいる。

倉持は地面に落ちているサブマシンガンをそっと引き寄せた。

ここは囮《おとり》が必要な局面ではないか。俺が相手の気を一瞬でもそらすことができれば……。

「止めておけ」

じっと前を見たまま、深江が言った。

「おまえが動いたところで、状況は変わらない」

倉持は苦笑する。

「後ろに目がついていたことを、忘れていたよ」

銃から手を放すと、腹ばいになったまま、顔だけを少し上げ、深江の様子を見守る。

銃弾はいつの間にか止んでいた。弾切れでマガジンを交換しているに違いない。二人目を倒すにはチャンスだが、そのことは三人目も十分に承知している。指を引き金にかけて、待ち構えているはずだ。

二人目の気配は倉持にもはっきりと感じ取れるほどになっていた。互いの距離は一〇メートルとない。

どうする。これ以上後ろに下がることはできない。急斜面を逃げ下ったところで、背後から撃たれて終わりだ。

居場所が知れれば、全滅、よくて相討ちだ。

ガリッと氷を食むアイゼンの音が響いた。

あざ笑うような声が聞こえた。

「もう終わりだ。楽には殺さないぞ」

ヤツは我々の居場所に気づいている。再び銃に手を伸ばそうとしたとき、深江が立ち上がった。ためらいなど一切ない、俊敏な動きだった。既に銃を構え、引き金に指がかかっていた。

倉持も反射的に身を起こしていた。二人目を撃ち倒している間に、いずこからか飛んできた弾丸が深江を撃ち抜く――。そんな光景が瞬間的に脳裏に浮かんだ。

深江が構えた銃口は、二人目を狙ってはいなかった。右に四〇センチほど外れた場所に向いている。

その線上に、腰だめに銃を構える男の影があった。

銃声が響く。深江が放った銃弾は二人目からは大きく外れていた。それでも、ふいをつかれた三人目の男は、慌てて身を伏せ、遮蔽物を探して懸命に這っていく。

深江は肉眼では捉えきれないほどの速度で薬莢《やっきよう》を排出、次弾の装塡《そうてん》を終える。その時点で銃口は二人目の男の正面に向けセットし直されていた。

二人目は突然眼前に現れた男と銃声に驚き、引き金を絞ることも忘れ、呆然と立ち尽くしていた。

深江の方は、ためらいもなく引き金を引く。男は後方にはじけ飛んだ。右手のサブマシンガンが岩の上に落ち、クルクルと回った。

広いとはいえないピーク上に、既に死体が二つ。白く凍りついた岩肌に、赤い血しぶきが不気味な文様を描きだしている。

危機を脱した安堵感から、倉持がホッと息を吐く間も、深江は既に動いていた。銃を右手で摑んだまま、真横に飛んだ。直後にその場を銃弾が穿つ。

三人目の男は既に態勢を立て直し、照準を深江に合わせていたのだ。鬚面のがっしりとした男だった。手にしているのは、かつて見たロボットアニメに出てきたようなデザインの銃だ。通常の自動式拳銃に、四角いスコープのようなものと折りたたみ式のストックがついている。

何なんだよ、あれは……。

油断なく銃を構え、深江が伏せている辺りをうかがう。その物腰を見ても、相手が相当の手練れであると理解できた。前の二人とは格が違う。

行動範囲には限界があるピークだ。不用意に動けば滑落《かつらく》の恐れもある。その一方で遮蔽物はほとんどない。狙撃銃の深江と取り回しのきくハンドガンでは、後者の方が有利だった。

深江は切り立った東側斜面に滑《すべ》りこみ、身を伏せている。男の位置からはかろうじて死角となっているが、彼があと数歩、前進すれば体の一部が見える。

一歩、二歩――。

男が歩みだした瞬間、周囲が灰色に染まった。ガスだ。西側から薄いガスに取り巻かれたのだ。視界が奪われる。

深江はこの瞬間を読んでいたのだろう。

アイゼンが岩を蹴《け》る音が響いた。それを追うように銃声が鳴る。

倉持の位置からは、二人の姿を見ることができない。

何が起きているのか。

片膝をついて、慎重に身を起こす。遮蔽物である岩陰からそっと顔をだしたとき、早くもガスが晴れ始めた。

ピーク中央にぼんやりとした二つの影がある。

間近で向き合った深江と男だった。互いの手にあるのは銃ではなく、銀色に輝くコンバットナイフだった。

深江はこちらに背を向けているため、様子は判らない。一方、鬚面の男は笑っていた。茶色がかった瞳の中に青白い炎が燃えている。その視線は、深江の右手に注がれ、襲いかかるきっかけを探していた。

どうやら、男の狙いは最初からここにあったようだ。彼は元来、ナイフ使いなのだろう。愛用の刃物を使い、これまで何度となく修羅場をくぐり抜けてきたに違いない。

そしていま、深江はその相手の願いに応えようとしている。

どこまで律儀なヤツなんだよ。

深江の神がかった格闘能力は、今までに何度も見てきた。しかし、今回はいつもとは勝手が違う。足場が悪いし、足には重い登山靴、さらにはアイゼンまでつけている。

むろん、相手も条件は同じだが、わざわざ接近戦を仕掛けてくるようなヤツだ。いかに深江とはいえ、油断はできない。

鬚の男は上体を前後に揺らしつつ、左回りに円を描くようにジリジリと移動している。深江も今のところ、それに合わせ、動いている。

太陽の位置を気にしているのだろう。いま、日は二人の右手からさしている。鬚面は日を背にしようと動いているのだ。

それを嫌って深江が仕掛けてくるのを、男は待っている。

深江としても、勝負を長引かせたくはないはずだ。鬚面の後には、第二グループが控えている可能性が高い。しかも、その中には狙撃に長《た》けた者がいる。

第二グループが斜面を登り切り、深江を狙える位置に来れば、もう勝機はない。

そんな中にあっても、深江は動かない。左足を支点に、鬚面と共に円を描いている。鬚面が太陽を背に負うた。冬とはいえ、三〇〇〇メートルの日差しは強烈だ。さほどの積雪はないとはいえ、光は雪に反射し、さらに目を痛めつけてくる。

男の第一手を倉持は見ることができなかった。それほどに速く的確な攻撃だった。ナイフを持つ右手が、深江の喉元を狙ったようだ。深江がわずかに上体を反らせたことで、倉持にもようやく動きが理解できた。男の右手はゴムでできているかのように、しなやかに伸びる。何の予備動作もなしで、切っ先を相手の急所に刺しこむことができる——。

深江が初手《しょて》を避けられたのは、切っ先の動きではなく、足下の音だろう。アイゼンの歯がこすれる微かな音で、攻撃を予測したに違いない。

相手の攻撃を誘い、瞬時の反撃で仕留めるのが深江のスタイルだ。今回、敵はそれをさせなかった。それだけでも、相当の腕前と見るべきだ。一方、敵も初手ですべてを終わらせるというスタイルを深江に妨げられている。攻防は互角と言えた。

男はなおも白い歯をのぞかせながら、右、左とフェイントをかけてくる。左右の手で∞のマークをなぞるような動きだ。ナイフの刃が日を反射し、チラチラと光る。対照的に深江は動かない。右手のナイフを前に、左手を手刀にし、自身の鳩尾《みぞおち》の前あたりに置いている。

フッと空気の揺れる音がして、男が動きを止めた。右上腕の袖が大きく切り裂かれている。攻撃を繰りだしたところを、深江が反撃したのだ。

男の顔からさっと笑みが消えた。深江の体勢には変化がない。さっきから微動だにしていないように見える。

派手な金属音が響き、男が右足から大きく深江の懐《ふところ》へと飛びこんだ。右から左への横一閃《いっせん》から、刃を上向きにして顎の真ん中を切り上げる。

ピッと赤いものが散った。深江の顎先に切り傷ができていた。斜めに刻まれた傷は浅いものだったが、血はしたたり落ち、足下の岩を濡らす。

男はそれを見て、ペロリと真っ赤な舌をだし、自然な動作でナイフの切っ先を深江に向ける。

また膠着状態となった。

深江の構えは変わらず、相手の動きに合わせ、体をゆっくり移動させていくだけだ。

男の全身から殺気がみなぎっていた。次の一手で仕留める気だ。

男には徹底した持久戦に持ちこむ手段もあった。膠着状態が長引けば、狙撃手がやってくる。ナイフ使いと狙撃手に挟《はさ》まれれば、いかな深江といえど、抵抗のしようがない。

倉持ははっとする。

それをさせないための傷か。

深江はわざと傷をつけさせ、相手の本能を刺激している。殺しに飢えたナイフ使いから、狙撃手を待つという選択肢は消えている。殺しの常習者が持つプライドにわざと火をつけたのだ。

事実、男の目はさっきまでの冷静さを失っており、赤く充血していた。

シュッとまた空気が震えた。男が右手を伸ばし、すぐに引っこめた。フェイントだ。深江の体が中途半端に泳いだところを、さらに深い突きを繰りだしてきた。今まで狙っていた喉ではない。胸元だ。急所をひと突きにするつもりだ。

胸元直前にまで迫った切っ先を左半身《はんみ》になって避けた深江は、左手で相手の右手首を摑んだ。その手首に自身のナイフを素早く走らせる。男の手首に赤い筋が走り、ポロリと力なくナイフが地面に落ちた。力なく開いた右手に、深江はナイフを振り下ろす。親指を除く指四本が切断され宙を舞った。

男は目を見開いて、地面に落ちた、もはや永遠に握ることのできなくなったナイフを見下ろしている。切られた指から、勢いよく血が噴《ふ》きだした。

口が開き、叫び声を発する直前、深江のナイフが喉に深く突き立ち、男の目は光をなくす。

深江はナイフを突き立てたまま、男の体を突き放す。男はそのまま背後へと崩れ落ちた。


最初の銃声が聞こえたのは、急斜面にとりついて十分ほどしたころだった。正規のルート上を熊本について登りながら、穂高岳山荘の赤い屋根を振り返ったところだった。

銃声はごくごく短い連射だった。

はじまったな……。

発射されたのは、サブマシンガンだ。福岡たちが相手を見つけぶっ放したと思われるが、昨日、やられた兄弟二人も、同じ銃を携行していた。その二丁はピークにはなかった。つまり、敵が奪っていったと見るべきだろう。となれば、撃ったのが「こちら側」と考えるのは早計だ。

その間も熊本は、足を止めることなく登りつづけている。カチンカチンとアイゼンの規則的な音には、何の感情もこめられていない。

植草が歩行を再開しようとしたそのとき、再び連射音が上方から下りて来た。

何て撃ち方だ。そんなことではすぐ弾が尽きる。

思った通り、単調な連射が続いた後、銃声は止んだ。マガジン交換をしているのだろう。

銃の扱い、撃ち方には人間が出る。今のは福岡に違いない。標的の居場所も判らぬまま、またぶっ放したのだろう。

連射音は続く。ピークにばらまかれた銃弾や薬莢はどうするつもりなのだろうか。

そういえば、こうした組織には掃除屋なるものが存在し、秘匿《ひとく》したいものをすべて綺麗に持ち去ってくれる者たちがいると何かの本で読んだことがあった。

ふん、まさかな。

思わず笑みがもれた。気づいたときには、連射も止まっている。

代わって、ダンと低い銃声が一発、青い空にこだました。

熊本が足を止めた。

「ブレイザーのＲ８か」

敵の反撃だ。間違いない。銃声は一発。結果は明らかだった。やられたのは、福岡だろう。植草を小馬鹿にし、まともな会話さえなかった男だが、同じ目的で小屋に集ったのだ。それなりの情はある。

まだ若いのに――。

「スピードが落ちている。行くぞ」

感慨にひたる間もなく、前を行く熊本から声がかかった。

「はいはい」

再び銃声が響いた。連射だ。さっきよりは規則的だが、そこに意思は何も感じられない。ただ、撃っているだけだ。

それでは、敵は倒せんよ。

ダウンジャケットの男、宮城と名乗っていたか、もう顔すらおぼろげだ。

彼の後ろには香川がいる。上手くすれば、ここで作戦終了だ。

連射が終わったとたん、また銃声が一発。すぐにもう一発。さすがの熊本も足を止め、じっと耳をすましている。

だが、二発目の銃声が山々の間に消え入った後は、風音だけを残し、何も聞こえなくなった。

西からの風に乗ってふわりとガスの一団がやって来た。ほんの十数秒だが、視界が奪われる。

ガスが通り過ぎたとき、熊本は足を止め、じっと上方の気配をうかがっていた。

既にピークまで五分ほどの距離だ。遥か足下には、小屋の屋根がある。岩稜帯の急登であるため、屋根はほぼ真下に見えた。実際以上の標高差を感じ、思わず息を呑んだ。

植草は上方に目を転じ、熊本との距離を詰めていく。二発目の銃声が消えてから、既に二分ほど。

香川は、いまだ姿を見せない。

やられたのは、香川か。

作戦失敗だな。

熊本と並ぶと、植草はゆっくりと肩にかけた銃を外す。二重にした手袋を一枚外す。ゴワゴワとした防寒着ごしでも、使い慣れた銃は何の問題もなく馴染んでくれる。

膝立ちとなり、上方に向け銃を構える。サングラスをかけたまま、スコープごしに荒涼としたピーク付近を見渡す。昨日、男を撃ったときよりもさらにピークに近い。ここからなら、ほんの一瞬でも確実に仕留められる。

だが、人の気配はない。

熊本は銃を手にしたままじっと、植草の様子を見ている。

香川を倒したのであれば、ピークから姿を見せるかもしれない。敵三人を倒せば、気持ちだって緩む――。

さらに二分、待ってみたが、時おり舞い上がる雪片以外、動くものはない。

そんな迂闊《うかつ》な真似《まね》をする相手ではないか。

昨日の一件で、彼は敵の中に狙撃手がいることを知っている。

植草ははっとする。

相手の隙を突き、見事な一弾を放ったと自負していたが、今にして思えば、まんまと敵の術中にはまっていたのかもしれない。

一瞬とはいえ不用意に姿をさらしたのは、こちらの戦力を測《はか》るための策略だったのではないか。

やられたな。

狡猾な野生動物との知恵比べを長年してきた植草だ。駆け引きには絶対の自信があった。にもかかわらず、見事に虚をつかれた格好だ。

「何がおかしい？」

熊本が目を細め、こちらを見ていた。知らず知らずのうちに、また笑っていたようだ。

「いや」

植草は構えをとき、銃を肩に戻した。

「敵さんは来ないだろう。ピークにも気配がないぞ」

熊本に落胆の表情はない。わずかにうなずいた後、残りわずかとなったピークへの道を小走りで上り始めた。

「そんなに慌ててどうする？　万が一にも待ち伏せがあるかもしれん」

「ヤツはじっとピークに留まったりはしない。俺だって、同じことをする」

「絶対的に有利な場所を捨てると？」

「不利は承知の上だろう。ピークに留まって二人を相手にするよりはましだ」

「下りるのであれば、西尾根を戻るか、北穂方向に行くか」

「西尾根だろうな」

「新穂から登ってくる三人を夕べの時点で待機させておいたのは、そのためか。挟み撃ちにできる」

「我々は涸沢岳ピークに陣取って、ヤツを狙う」

熊本は植草を見下ろす。

「そこからは、あんたの腕にかかっている」

植草は気恥ずかしくなって目をそらした。

「任せろと言いたいが、こっちも初めての経験だ。ま、精一杯、やってみるよ」

その答えに納得したのかしないのか、熊本はバラクラバとサングラスに表情を隠したまま、無言で歩き始める。

ピーク直前は、ゴツゴツとした岩の起伏も減り、体を隠すものは何もなくなる。

熊本は銃を構えて中腰になり、警戒しながらピークに立った。頂上を示す指導標の脇には、死体が二つ。福岡と宮城だ。共に一発で急所を撃ち抜かれていた。

西尾根方向にやや下ったところに、香川がいた。無残な状態だった。右手から噴きだした血が辺りを染め、指も切断されていた。とどめは喉への一刺し。冷気と失血により、顔面は既に蒼白へと変わっていた。

植草は身を低く保ちながら、目の前に続く一本の尾根を見つめる。雪に残るのは、二人分の足跡だった。

さあ、狩りの始まりだ。

十七　狩猟

動くな。深江に言われたのは、ただその一言だけだった。

三人目の男を倒した深江は、ついてくるよう目で合図を送ると、蒲田富士方向に尾根を下り始めた。慌てて岩陰から這いだした倉持だったが、そのスピードには到底、ついていけない。アイゼンを岩に引っかけ無様に転倒した。幸い強打した箇所もなく、すぐに立ち上がり深江の背中を追う。

ピークという最も有利な場所を捨てるのは、それだけ敵の狙撃手が強敵である証左だろう。無理をせず、じっくりと対峙するつもりなのだ。

しかし、グズグズもしていられない。蒲田富士方向からは、昨日、新穂で振り切った追っ手が登ってきているはずだ。

敵側の戦略もなかなかのものだった。こうなることを事前に読んでいたと見える。

下ること二分、深江の背がぐんぐんと近づいてきた。彼の歩速が緩んだのだ。

狙撃手を擁《よう》する敵の第二グループもそろそろピークに到達する頃合いと読んだのだろう。遮蔽物のない尾根上に身をさらしていては、撃って下さいと言っているようなものだ。

深江が足を止めたのは、岩が階段状になったところで、身を隠す岩の突きだしがそこここにあった。

深江はさっきのピークと同じく、手頃な岩の陰に背を押し当て、銃を抱いていた。

その脇に、倉持も滑《すべ》りこむ。

動くなと彼が低い声で言ったのは、その直後だ。深江自身も、彫像と化したかのように、動作を止めていた。

敵の狙撃手がピークに到達し、こちらを窺《うかが》っているのだと知れた。

深江にここまで警戒心を呼び起こさせる狙撃手とはいったい何者なのだろう。

深江がカッと目を開く。その場で身を翻《ひるがえ》し、岩に体を密着させつつ、じっと上方を探っている。

「この岩陰から絶対に出るな」

「ああ」

「髪の毛一筋、のぞかせるんじゃない。やられるぞ」

冷たい緊張が全身を走り抜けた。

深江は倉持に背を向けると、銃を背中に負い、冷たく固い地面を蜘蛛《くも》のように這っていく。

俺を残して行っちまうのかよ――。

深江の狙いはすぐに察せられた。敵の狙いは深江だ。少しでも倉持とは距離を置きたいと考えたのだろう。

そしてもう一つ。いかに気を張ろうと、完全に気配を消し去ることなど、倉持には不可能だ。恐らく、自身の居場所は敵に知られている。

そんな男と一緒にいては、不利になるだけだ。それに、いざというときは、囮《おとり》としても使える。

弱肉強食の世界。弱者は食われるだけだ。

ピークに横たわる三人のことが脳裏を過る。

己《おのれ》がどういう運命をたどるのか。それが判るまでに、もうさして時間はかからない。

深江は岩の段差を音もなく下り、倉持から離れていく。その距離は一五メートルほどに開いていた。

スコープ越しに見下ろす尾根上には、あきらかに人の気配が残っていた。たった今、ここを人が通った。それは間違いなかった。

いったんスコープから目を外し、植草は広がる大自然の懐に身を委《ゆだ》ねる。

登山者であったなら、この大展望に心奪われたことだろう。雲もほとんどなく、遥か彼方の山並みまで一望できる。

目を後ろに転じれば、大きくそびえ立つ奥穂高岳、その横にはジャンダルムと呼ばれる灰色の岩峰。熊本のスマホで付け焼き刃で覚えた知識だった。

こんな場所で殺し合いとは、何とももったいないことだ。

凍てついた空気と西からの風は、流血の臭いを瞬く間に拡散し、消し去っていく。

岩と岩の間にめりこんだ無数の薬莢、穿たれた弾痕。そして三つの死体。この場所にあまりにも不似合いな物たちだ。

植草はそれらに目を向けることができなかった。さっきから見えるはずもない敵の姿を探し、尾根上に目を走らせているのは、そのせいでもあった。

片や、熊本は遺体の顔を検分し、いまは福岡の遺体のすぐ脇で、無線機を手にしている。

恐らく、こちらに向かっている三人の仲間と連絡を取り合っているのだろう。

そんなことじゃあ、山に嫌われちまう。

験《げん》を担《かつ》ぐ方ではなかったが、さすがに居心地が悪かった。

気を取り直し、尾根上に注意を戻す。

ピーク付近と違い、尾根にはしっかりと雪がついている。当然、そこを下った二人の痕跡も明確だ。肉眼でも確認できるそれらを、植草はゆっくりと追っていく。

宮城を倒したと思われる銃声を聞いてから、植草たちがピークに到達するまでに五分ほど。

その間に、彼らは香川と闘い倒している。銃を持っていた香川がなぜ、最終的にナイフでやり合うことになったのか。その詳細は判らない。いずれにせよ、香川は敗れ、指を切り飛ばされ、息の根を止められた。その間、二分ほどか。

となれば、敵に残されていたのは、二分足らずの時間だ。

自分たちの痕跡を隠す間もなく、慌ててピークから西尾根を下った。

植草の目は、直線距離にして二〇〇メートル足らず、岩稜帯の段差のところで止まった。あそこより向こうに行く余裕はなかったはずだ。

スコープをのぞき、周辺を確認する。

足跡が激しく乱れ、岩にはりついた氷の一部に、ひっかき傷のようなものがあった。アイゼンによるものだ。

いたな――。

獲物を捉えた。

平たい岩が突きだし、屏風《びょうぶ》のようになっている。その向こうに入りこめば、完全に姿を隠すことができる。

植草はその岩越しに、人の鼓動を感じた。

緊張と動揺、それに加え、強い意志。手練れではない。彼を救うべく突貫でこの尾根を登ってきた男の方――便利屋だ。

再び銃を外し、肉眼で岩を見る。あまり身を乗りだしては、逆に狙われる恐れがあった。岩を中心に慎重に辺りをうかがった。

ヤツはどこにいる？

岩の向こうには便利屋以外の気配はない。

彼を一人残し、移動したに違いない。ならば、どこへ？

屏風型に突きだしている岩はさほど大きくはない。人なら三人が何とか身を寄せられる程度だ。そこを出て、どこへ向かう?

右に行けば、十数メートルで崖に突き当たる。しかも、その辺りは雪庇があり、極めて危険だと熊本から聞いていた。

となれば、向かって左。

尾根の幅はそれほど広くはない。左右に動き回り、こちらを翻弄する手は使えない。

岩の段差伝いに左へと移動すれば、死角に入ったまま移動できる。

地蔵《じぞう》のような丸く風化した岩が三つ、並んでつきだしている。そこならば、身を隠すにはもってこいだ。

植草はいったん銃を構え、地蔵型の岩に狙いをつけてみる。ここからならば、楽に狙える。よほどのことがない限り、外しはすまい。

その一方で、かすかな違和感もあった。

簡単すぎる。身を隠すにはちょうどいいが、そこはまさに袋小路《ふくろこうじ》だ。入りこんだら最後、身動きが取れなくなる。持久戦となり、多人数で、しかも高所に位置しているこちらが圧倒的に有利な状態だ。

ヤツほどの手練れが、そんな負け戦《いくさ》を地でいくような行動を取るだろうか。

違う。

本能が告げていた。便利屋の居場所は間違いなく屏風型の岩の向こうだ。

横でないならば、縦か。

尾根沿いに、さらに蒲田富士側に下ったに違いない。地蔵の岩がある地点から二〇メートルほどは、比較的見通しの良い場所が続く。岩稜帯ではあるが、遮蔽物となり得るものは少ない。その先は、F沢のコルに向け、険しい岩稜帯の下りとなる。そこにまで入りこんでしまえば、もはやこの位置から捉えきるのは不可能だろう。

もしヤツが奥穂高登頂をあきらめ、盟友である便利屋をも見捨てたとすればだ。

そんなことをするはずがない。

となれば、地蔵から二〇メートルの間に、ヤツはいる。こちらが地蔵の岩に注意を向け、不用意に姿をさらした瞬間を狙うつもりだろう。

植草はある一点に注目する。見通しの良いわずかな場所にただ一つ、大きな段差があり、ノコギリの歯のように先端の尖った岩が並ぶ箇所がある。幅にして二メートル足らずの空間だ。そこに身を入れ伏せていれば、こちらからは死角となる。尖った岩と岩の間に銃身を入れれば、岩が盾の役割も果たしてくれる。

考えたな——いや、最初からその場所を計算に入れて行動していたと言うべきか。

スコープ越しにその場所を調べる。ウェアの端、銃身の先端、人工物のわずかな「色」を探る。動くもののない大自然の中だ。植草がもっとも得意とするフィールドである。その中にあって、完全に身を隠すことは至難のはずだ。

植草は冷徹に岩の一つ一つを解析していった。

ない——。

敵の存在を示すものは、何も感じ取れなかった。気配すらない。

それでも、植草の確信に揺らぎはなかった。

ヤツはあそこにいる。

恐らく、向こうもじっとこちらに狙いを絞っているだろう。植草は熊本を振り返った。

言葉を交わさずとも、こちらの意思は伝わる。

熊本は、福岡の遺体の脇にしゃがみこむと、小さくうなずいた。

「下のヤツらが上がってくるまで、あと二十分ほどだ」

「もう少し、早くならないか？」

「ルート判断に手間取っている。もう少し、山に慣れたヤツに任せるんだったよ」

植草は前方に目を戻す。

いいってことさ。明日からは違う人生が待っている。二十分くらい、何てことはない。

十八　霧中

最新の防寒着に身を固めているとはいえ、じわじわと寒さが染み入ってきた。冷え切った岩陰で身を縮めているだけだ。銃で狙われているという恐怖感も相まって、指一本動かすことも躊《ちゅう》躇《ちょ》してしまう。

深江が離れていって五分ほどか。腕時計を見ることすらためらわれる。

深江が走り抜け飛びこんだ岩陰の位置は把握している。ここから二〇メートルほど先の尖った岩の向こう側だ。

二メートル四方ほどのスペースに、深江は潜んでいる。倉持の位置からも、その姿、気配をうかがうことはできなかった。

このまま持久戦に持ちこまれては、こちらが不利になる。天候は明日から崩れる予報だし、何より、倉持が確認しただけで、新穂高温泉には三人の男たちがいた。彼らが西尾根を登ってきているとすれば、深江はあの場所で挟《はさ》み撃ちに遭う。涸沢岳ピークにいる狙撃手に動きを封じられれば、背後を突く男たちにやられる。背後の敵と対峙すれば、間違いなく狙撃手に撃たれる。

この期《ご》に及んでも、倉持にできることは限られていた。ピークの狙撃手は、倉持の位置を摑んでいるだろう。遮蔽物から少しでも姿を見せれば、息の根を止められる。自分にできること。それは囮となることだけだ。ほんの一瞬、狙撃手の注意をひくことができれば……。

既に足の指先は冷え、ヒリヒリと痛みを覚え始めていた。昨日からの無理も祟《たた》り、体は思うように動いてはくれない。

相手の意表を突きたいところだが、向こうは百戦錬磨《ひゃくせんれんま》、こちらは手負いの素人《しろうと》だ。どのタイミングで何をすれば良いか、皆目《かいもく》、見当もつかない。

最後の最後に、できの悪い相棒と組んじまったな、深江よ。

ゴッという音と共に、北東からの風が吹きつけてきた。岩肌の雪が飛ばされ、パラパラと体に降りかかる。

風と共に、またガスの塊がやってきた。ふわりと音もなく、倉持の周囲を包みこむ。深江のいる岩場も灰色のベールに隠された。風はさらに強まり、倉持は身を固くして、岩肌にかじりついた。吹き飛ばされるほどの威力はない。それでも、思わず何かにすがりつきたくなる孤独と恐怖を、風はもたらした。

幸い、ガスはものの数秒で霧散《むさん》し、日の光が再び倉持を照らし始めた。

両手が震えていた。止めようとしても止まらない。

無慈悲《むじひ》な山の懐に抱《いだ》かれ、生命《いのち》を削られている。倉持は脱力し、頭《こうべ》を垂れた。岩の陰に置かれたオレンジ色の袋に気づく。巾着型の小さなものだ。口を開けると、中にはカイロと飴玉が三つ入っていた。

深江が置いていったものだろう。

カイロの封を切り、しばらく待って頬に当てる。ほのかな温かみが全身に広がっていった。飴の一つを取り、口に入れる。黒砂糖を固めた今ではあまり見かけない素朴《そぼく》なものだった。

暖気と甘さで、気持ちが徐々に落ち着いていく。

倉持は手の中に残った飴玉二つを見る。

こいつを食べきるころには、すべて終わっているってことか。

そこに、深江の絶対的な自信が垣間《かいま》見えた。

ヤツは戻ってくる。敵を片付け、仏頂面のまま戻ってくる。

今までがそうであったように。

口の中で、飴が奥歯に当たり、カチンと音をたてた。


ガスに視界を奪われていたのは、何秒ほどだったたか。植草は手袋ごしに両手を摺《す》り合わせ、指先の冷えを防いだ。

敵がいると思われる岩場周辺は、肉眼でもきっちり捉えることができる。あとは待つだけだ。

スコープをのぞいたそのとき、岩場の陰に赤くはためくものがあった。ウェアの袖だろう。

見つけたぞ。

植草は口元が緩むのを止められなかった。一部ではあれ、獲物の姿を捉えたのだ。大きな前進だ。

袖がこちらの視界に入っていることに、相手はまだ気づいていない。さっきのガスで一瞬視界が奪われたとき、姿勢を変えたのだろう。そのとき、袖が岩陰からわずかに出た。

植草は後方の熊本に、姿を確認したことを指で伝える。さすがの熊本にも安堵《あんど》の表情が見えた。

新穂からの三人がやって来るまで、あと十分ほど。あの調子では、敵もかなり焦っているようだ。

植草の銃口に縫い止められたまま、後方からの男たちに撃たれるか、下手に足掻《あが》いて、植草に背を射貫《いぬ》かれるか。

それ以外の選択肢はない。

肩の力を抜いて、植草はそのときを待つ。獲物がどんな意表を突く動きをしても、正確に撃ち抜く自信があった。

粘りたければ、粘るがいい。こちらにはまだ、十二分に時間がある。

今も赤いウェアの裾は、はためいていた。

裾が見えるのはさっきと同じ位置だ。一定のリズムで裾は翻る。

一定のリズム？

そんなことはあり得ない。どれだけ気配を殺そうと、生き物である限り呼吸もする。体の各部も微かに動く。一定のリズムではためくことなど、あり得ない。

植草はスコープから目を外し、熊本に向けて叫んだ。

「下から来る三人に連絡だ。隠れろと。ヤツは彼らを先に……」

風船がはじけるような音が聞こえた。まるで空から降ってきたようだった。

数秒おきに三つ。音は山々の間でこだまし、混じり合い、やがて消えていった。

「やられた……」

熊本が無線機に向かって「応答しろ」と叫んでいる。

植草は彼に背を向けると、また伏射の体勢を取る。赤い裾はまだはためいている。

あれは囮だ。ロープに結んでウェアの切れ端を、ペグか何かで地面に突き立て固定してあるに違いない。

敵はあの場にはいなかった。ガスに取り巻かれ、数秒、視界が途切れた。その隙だ。用意していた囮をセットし、自らはさっさと尾根を下ったのだ。そして、登ってくる敵三人を待ち構えた。狙われているとは夢にも思わない三人を撃ち倒すのは、簡単だったろう。

無線機が地面に叩《たた》きつけられる音がした。

風を読み、ガスの到来を予測し、挟み撃ちにするというこちらの作戦をも見抜いた。

認めたくはないが、やはり相手の方が一段、二段、上のようだ。

目下の最重要課題は、敵の居場所だ。銃声は聞こえたが、反響が酷く、距離や場所を特定することはできなかった。

三人を仕留めた後、ヤツはすぐさま、こちらに取って返すはずだ。

植草は便利屋がいる屛風岩から、赤い裾がはためくノコギリ状の岩場、そしてさらにその向こうに続く岩稜帯に目をこらす。そこまでの距離、約三〇〇メートル。

敵がいるのは、あの岩稜帯より向こう。もしこちらに戻ってこようとすれば、嫌でも植草の目に留まることになる。

さて、どうするつもりかな――。

植草のいる場所は、岩稜帯よりも高い。向こうからこちらを狙うことはできないが、その逆は可能だ。つまり、敵は動きを封じられ、それ以上の接近はできない。

現在の気温は氷点下三度。西の風、風力は三といったところか。

三〇〇メートルの距離であれば、動いていたとしても外さない。人は鹿や鳥のように素早く動くことはできない。普段、対峙している獲物に比べれば、狙いはつけやすい。

しかし、植草に楽観はなかった。相手は巧みにガスを利用してくる。また視界が奪われた瞬間に、何か仕掛けてくる気だろう。

できれば、こちらから仕掛けたいところだが……。

熊本が脇にいた。

「ヤツの居場所は判るか?」

「大体なら。しかし、判ったところで何もできん」

「正確な場所が判れば、手の打ちようはあるか?」

「なくはない。相手の死角を取りながら、狙える場所まで接近していけばいい。ただし、それは居場所が特定できたらの話だ。下手をすると、逆を突かれてこっちがやられる」

「後は任せる」

「あん？」

「オレが囮になる。ヤツはオレを撃つため姿を見せるだろう。あとはおまえに任せる。近づいて、ヤツを殺せ」

植草はスコープをのぞいたまま、言った。

「本気で言ってるのか？　ヤツは外したりしない。囮になるってことは、つまり――」

「覚悟の上だ。あの屏風みたいな岩のところに、仲間がいるんだろう？　オレがそいつを襲う。そうなれば、絶対に姿を見せるはずだ」

「そこを狙えればいいんだが、多分、無理だ。居場所の特定が精一杯だな。あんたは、ヤツの死に様を見届けられないことになる」

「それでいい。オレはあんたの腕を信じている」

「弟子入りの話、あれはなしか？」

「残念だが」

「そうかい……」

「金の支払いについては、心配するな。オレがいなくなっても、その辺はきっちりとするように……」

「それ以上は言わなくていい。あんたはオレの腕を信じてくれたんだ。オレもあんたを信じる」

できれば、スコープから目を離し、熊本の顔を見ながら言ってやりたかった。

「孫と幸せにな」

熊本が銃を手に、立ち上がるのが判った。

十九　決着

三発の銃声が朧《おぼろ》に響いた。

深江の戦略はある程度、予測済みだ。狙撃手の目を逃れ、先に登ってくる三人を片付ける。

一人一発。相変わらず、いい腕だ。

深江は今や、山を味方につけていた。天狗岳のときのように、山が味方してくれるのではない。山の考えを読み、利用し、敵を翻弄する自身の相棒として使っている。

もうオレの出る幕はないってか。

残るは涸沢岳ピークにいる一人、ないし二人。恐らくは二人だろう。一人は狙撃のため、ピークに張りついているはずだ。では、残る一人はどう出るか。

パニックになって、自棄《やけ》を起こすような輩ではない。

となると……。

銃声が連続して響き、倉持が身を隠す岩に弾丸が降り注ぐ。

やっぱり、そうなるよな。

かなり距離はあるはずだが、狙いは正確だ。ただの自動小銃ではないのかもしれない。それとも、使っているヤツの腕がいいのか。

いずれにしても、倉持は完全にこの場所から動けなくなった。

敵が倉持を狙う理由は二つ。一つは仲間の敵討《かたき》ちだ。もう一つは——どちらかというとこちらがメインだろう——深江の居場所を摑むため。仲間を危機的状況に陥《おとし》いれ、深江の焦りを誘うつもりだ。

出る幕がないどころか、深江の足を引っ張る羽目になっている。

動くなと言われたが、そうもいかなくなった。

倉持はサブマシンガンを握り、ゆっくりと身を起こす。

すぐに銃撃がきた。十発、二十発の弾丸が飛来し、屛風型の岩を中心に着弾する。岩の欠片《かけら》が飛び散り、倉持の頰に傷をつけた。

どうにもならない。

再び身を縮めたとき、上方からアイゼンと岩のこすれる、耳障りな音が近づいてきた。

まさか……。

敵の一人が距離を詰めてきている。敵がこの場所まで到達すれば、倉持の命はその瞬間に終わる。サブマシンガンで多少の抵抗はできるかもしれないが、戦いに慣れた相手に、傷一つつけられまい。

死を告げる金属音が、近づいてくる。足止めしようにも、一定のリズムで連射される弾丸に、倉持はすべての動きを封じられた。

突撃してくる敵は、命を捨てている。こいつは、わざと深江に撃たれる気だ。そうすることで、頂上の狙撃手に深江の位置を知らせようとしている。

ならば、深江を守るため自分にできることは何か。

こちらが先に撃たれてやることだ。

迷いなく体が動いていた。

倉持は岩陰から出た。


サンドブラウンの自動小銃を腰だめに構え、熊本はピークを駆け下り始めた。巧みな体捌《たいさば》きで、アイゼンの歯が岩と氷をがっしりと捉えている。

細い尾根ではあるが、左右にステップをきり、狙いをつけにくくしていた。そして、便利屋の潜む岩陰に、連射を浴びせる。排出された薬莢が、熊本の背後に落ちていく。薬莢は日の光を浴びて、鈍《にぶ》く光っていた。

猫背気味に丸めた熊本の背中を視界から追いだし、植草はじっとスコープの中に集中する。

熊本は、便利屋が潜む岩場まであと二十秒足らずで到達する。

アイゼンがたてる金属音、自動小銃の銃声、熊本の悲壮な決意は、それらの音となって植草の耳に届く。

どうした、熊本は丸見えだぞ。

数百メートルの距離を隔《へだ》て、姿すら見えないにもかかわらず、植草は敵を近くに感じた。鼓動、息づかい——。

聞こえるぞ。

来る。身構えた瞬間、熊本の足音が乱れた。反射的に目をそちらに向ける。

岩陰から男が姿を見せ、熊本に体を晒していた。

初めて見る男の姿。バラクラバとサングラスのため、顔つきは見ることができないが、思っていたよりも華奢な印象だった。あの男が荷を背負い、一人、西尾根を登り切ったというのか。

いま、灰色に凍りついた雪の中で、二人の男が向き合っていた。

植草に敵を撃たせるため、命を捨てた熊本。そして便利屋もまた、仲間を守るため命を投げ打とうとしている。

聞き慣れた乾いた音が、空気を震わせた。熊本の頭がはじけ飛び、大柄な体がふわりと宙に浮く。右手の自動小銃はしっかりと握りしめたまま、傾斜のきつい岩場の上に、彼は仰向《あおむ》けに倒れこんだ。

見事な華だ。

正確無比な狙撃に見とれながらも、植草は彼方の岩場に黒い人影を認めていた。

いたな。そう悟った時にはもう、岩陰に入りこみ姿はない。それでも大凡《おおよそ》の位置は判った。

便利屋の登場がなければ、もっと正確に把握できていただろうが、今はこれで充分だ。

植草は銃口を便利屋が立っていた場所に向ける。彼の姿は既になかった。また岩陰に飛びこんだのだ。

熊本が撃たれてから、数秒。一瞬でも立ちすくんでいてくれたなら、彼を熊本と同じ目に遭わせてやったものを――。

植草は伏射の体勢のまま、じりじりと左側へと動く。蜘蛛にでもなったような気分だ。身を隠してくれるわずかな岩の突起に注意しつつ、斜面の南側へと数分かけて移動した。

敵の影を確認した三〇〇メートル先の岩稜帯を常に視界に入れ、いつでも撃てる状態は維持する。

便利屋の存在は無視しても構わないだろう。もし動きを見せるようなら、即座に撃てばいい。さっきの様子では、武装はせいぜい自動小銃だ。射程でもこちらが勝る。

ピークから少し下ったところにある岩陰に居場所を定めた植草は、再び、待機の姿勢に入る。天候の機微《きび》を読むことはできないが、忍耐力なら負けはしない。己の望む状況が来るまで、ただじっと待つだけだ。

いま、植草の前に広がるのは、雪をいただいた深く、鋭い山並みだけだ。北西からの風が少し強まり始めている。尾根上に積もった雪は日の照り返しを受け、ガラス片を混ぜた白砂のように金色の光を放つ。気温はやや上がってきたようだが、それでも氷点下だ。いずれにせよ、吹きつける風が防寒着の上からでも肌に食らいつき、体温と体力を侵食していく。

植草は浅く速めの呼吸で集中力を保ち、意識から五感を遮断していた。むき出しのまつげが、うっすらと凍りついていくのが判った。

猟を行う中で、こうしたことは多くあった。獲物を待ち、雪原の中に佇む。銃を構えたまま殺気を抑え、自然と一体化するのだ。大物を待ち、数時間、構えを解かなかったこともある。ウサギなどの小動物が近寄ってきて、植草の周りに足跡を残していったこともしばしばだ。

この境地は、誰にも判るまい。

敵は今、内心穏やかではないはずだ。植草の気配を見失ったからだ。

慌てて様子を探りに来てくれればしめたものだが、そうは問屋が卸《おろ》さぬらしい。

さて、「その時」はいつくるのだろう。

この場所に伏せ、三十分、いや、一時間か。

目の前の光景は何も変わらない。

植草がとった動きといえば、右手の各指を定期的に曲げ伸ばしすることだけ。瞬きも最低限に抑えている。

西尾根の遥か先にそびえる山々の上に、白く厚い帯状の雲が現れた。夜半には崩れるという天気予報は、どうやら当たるらしい。

このまま動きがなければ、荒天に巻きこまれ、生きて下山することはかなわない。だがそれは、彼らも同じだ。

もう間もなくか。

構わんよ。いつでもいい。

グリップを握っている右手人差し指をゆっくりと伸ばし、曲げる。寒さによる痺れを懸念していたが、杞憂《きゆう》だった。

首から下の感覚はなくなっていた。事が済んだ後、立ち上がるのには苦労しそうだ。マッサージをして、自由に動けるようになるまでに小一時間はかかるだろう。

おっと便利屋がいたな。仲間がやられたとなれば、彼はどうするだろうか。

まあ、一目散に逃げ下るのであれば、見逃してもいい。

ふっと視界の隅を、白いベールが過る。

きた。

ガスの塊だ。強い風と共に、植草の視界を遮断する。
一、二、三……。
植草は呼吸でリズムを取る。ガスが晴れるのはいつか。

ヤツにはそれが判っている。だが、こちらの位置は判らない。植草にはタイミングを計る余裕はない。だが、標的の位置はほぼ判っている。

条件は互角。

あとは、腕と運か。

ガスはまだ周囲を覆《おお》っている。

思っていたより長いな。
四、五、六……。
そろそろか。

右手人差し指を引き金にかけた。

首筋に日の温かみを覚えた。

ガスが晴れる。そのことを日が教えてくれた。山はどうやら、自分に味方してくれているようだ。

孫の顔が浮かぶ。

明日からは、違った人生が待っている。

もう銃を手にすることはない。

ガスが晴れ、遥か下方、岩の上に立つ男の姿があった。こちらに銃口を向けている。

遅い。

植草は右手人差し指に力をこめる。

そういえば、ヤツの名前を聞いていなかったな。

美しく咲く冬の華が、植草には見えていた。

二十　運命

終わりを告げる銃声を聞いたとき、倉持は両手で持ったサブマシンガンを、じっと見つめていた。長く同じ姿勢でいたため、足を伸ばそうとするだけで、筋肉が悲鳴を上げる。

脳裏に浮かぶのは、狙撃銃を構える男の姿だった。自動小銃を持った男の前に飛びだしたとき、倉持は涸沢岳ピークの狙撃者を見た。顔はバラクラバで見えなかったが、サングラスの奥の目が倉持を見つめていたように思う。一瞬のことで、極限状態がもたらした想像の産物かもしれない。

銃声が聞こえて三分ほど。アイゼンの音が近づいてきた。ゆっくりとした足取り。倉持に運命を告げる、足音だった。

もう抵抗するだけの気力はない。倉持はそっと銃を置く。

顔を上げると、そこに深江の顔があった。

「どうした？　死人のような顔をしているぞ」

二十一　山頂

巨大な岩壁が、覆《おお》い被《かぶ》さってくるようだった。刃物のように尖った岩肌を、倉持はあえぎながら登っていた。先を行く深江の足は速い。あの男なら、たとえ垂直の凍りついた岩壁でさえ、すいすいと登っていくのだろう。

凝り固まった筋肉を半ば気力だけで動かし、倉持は登る。もっとも急峻な箇所は過ぎた。あとは……。

気がつくと、道が途切れていた。広大な山稜のど真ん中に、ツンと突き立った岩の先端。そこが奥穂高岳のピークだった。深江はその真ん中に立ち、両手を腰に当てて、周囲を眺めている。

倉持はその足下にひれ伏すように倒れこんだ。

涸沢岳を下りてここまで、一度の休憩もなく、ひたすら歩き続けた。もはや時間の感覚も吹き飛んでいた。

頭の上から、深江の低い声が聞こえた。

「すまん。時間がなくてな」

夜には天候は崩れ始める。できれば、今日中に下山してしまいたい。

「それは……判っているけどさ」

ついさっきまで、殺し合いをしていたんだぞ。

倉持はウェアのポケットに残っていた飴を口に放りこむ。ほんのりと広がる甘さが、倉持にわずかな気力を与える。

深江はいま、タオルに包まれた茶筒のようなものを、首から提げていた。その中身が何であるかは、聞くまでもない。

深江はタオルを首から外し、包みを解いた。黄色い円筒形の物体が現れる。プラスティック製で、上蓋のところにはデフォルメされたライオンの絵が描いてある。

「それ……まさか、弁当箱か？」

「百円ショップで見つけた。さすがに陶器製のツボでは、ここまで持ってこられない」

「それにしても、もう少し……」

「ゆっくり品定めしている時間もなかったんだ」

深江はそっと、上蓋をはずす。

「これが、マイの遺言だったからな」

深江は指で遺灰をつまむと、空に優しくまいた。

「腕は互角だった」

狙撃手のことを言っているのだと判るまでに数秒かかった。

「タイミングは俺の方が遅れた。相手が躊躇しなければ、やられていたのは、俺だった」

深江は暗い視線を、遺灰に落とす。

倉持はあの瞬間に何があったのかを悟った。

「判ったのかな、それが遺灰だと」

「判ったと思う。相手が何者であったのかは知らない。だが、俺が首から提げているものを見て、ほんの一瞬、ヤツは引き金を引くことを躊躇した。だから、俺が勝った」

深江は少しずつ灰をつまみながら、空にまいていく。

「マイが救ってくれたんだ。俺を」

灰は風に吹き散らされ、一瞬で見えなくなる。

遥か彼方に広がり始めた雲の帯が、ゆったりとこちらに向かって近づいてきた。

本文協力：時雨沢恵一（銃器）
神谷浩之（山岳）
斎藤出海（車両）
地図作製：三潮社

本書は書下ろし作品です。なお、この作品はフィクションであり、登場する人物および団体はすべて実在するものといっさい関係ありません。

切りとり線

あなたにお願い

この本をお読みになって、どんな感想をお持ちでしょうか。次ページの「100字書評」を編集部までいただけたらありがたく存じます。個人名を識別できない形で処理したうえで、今後の企画の参考にさせていただくほか、作者に提供することがあります。

あなたの「100字書評」は新聞・雑誌などを通じて紹介させていただくことがあります。採用の場合は、特製図書カードを差し上げます。

次ページの原稿用紙（コピーしたものでもかまいません）に書評をお書きのうえ、このページを切り取り、左記へお送りください。祥伝社ホームページからも、書き込めます。

〒一〇一―八七〇一　東京都千代田区神田神保町三―三
祥伝社　文芸出版部　文芸編集　編集長　金野裕子
電話〇三（三二六五）二〇八〇　www.shodensha.co.jp

◎本書の購買動機（新聞、雑誌名を記入するか、○をつけてください）

＿＿新聞・誌の広告を見て	＿＿新聞・誌の書評を見て	好きな作家だから	カバーに惹かれて	タイトルに惹かれて	知人のすすめで

◎最近、印象に残った作品や作家をお書きください

◎その他この本についてご意見がありましたらお書きください

100字書評

冬華

住所

なまえ

年齢

職業

大倉崇裕（おおくら・たかひろ）
1968年京都府生まれ。98年「ツール＆ストール」で小説推理新人賞を受賞。同作品に始まる“白戸修の事件簿”と“福家警部補”、“警視庁いきもの係”の各シリーズがＴＶドラマ化され、近年は「名探偵コナン」、「ルパン三世」など、ＴＶ、映画のアニメで脚本を担当する。本格ミステリの醐醍味と、ユニークな設定や愛すべき登場人物たちの、幅広い作品群が熱く支持され、落語を愛好、登山を趣味とし、特撮や怪獣、海外ドラマに造詣が深い。『生還』『聖域』『白虹』『凍雨』などの山岳ミステリも好評。祥伝社文庫に、本書の倉持が槍ヶ岳に挑む『夏雷』、倉持と深江が八ヶ岳で謎の殺し屋と対決する『秋霧』と、『警官倶楽部』がある。公式ブログ日記は、https://muho2.hatenadiary.jp。

冬華《とうか》

令和３年４月20日　　初版第１刷発行

著者――大倉崇裕《おおくらたかひろ》

発行者――辻　浩明

発行所――祥伝社《しょうでんしゃ》
〒101-8701　東京都千代田区神田神保町3-3
電話　03-3265-2081（販売）　03-3265-2080（編集）
03-3265-3622（業務）

印刷――堀内印刷

製本――ナショナル製本

ISBN978-4-396-63605-0　C0093
祥伝社のホームページ・www.shodensha.co.jp